女人挥着手。

她的脸朝向我，由于是逆光，表情看不清楚，大概面带微笑。如果真是在笑，那一定是像孩子一般天真的笑脸，如同夏天初次见到大海的孩子。她穿着绿色和银色相间的条纹泳装。

她的脖颈上闪烁着耀眼的光彩，如同戴着珍珠项链，那可能是汗水，也可能是在海中游泳后留下的海水，水珠浮在涂满防晒油的皮肤表面。

弧形的海岸蜿蜒伸展，一望无际，沙滩上只有女人和我两个人。

海滩上的沙子十分细小，攥在手中如同沙漏一般不断落下。

海岸上有三把遮阳伞。一把略微歪斜，立在远方；另一把是红色，下面放着女人的衣服、化妆品、香烟、太阳镜、一架带三脚架的相机、浴巾、梳子，一只插着两根吸管的菠萝，大概里面盛着朗姆调和酒，一只透明塑料包。我躺在第三把遮阳伞的阴影里。

女人放下了挥着的手。

我后悔应该打声招呼或者挥一下手，不过女人似乎并没有介意。

太阳当头照耀。

海滩闪烁着橘黄色的光芒，女人的身影仅留下一个黑点，如同地上挖掘出来的小洞。

女人站在水边，盘在脑后的头发梳理得十分整齐，她戴着一只镶金边的手镯，大概是塑料或象牙的，倒背着手，用脚尖不时戏着海水，那情景简直就是一幅饮料的广告画。

海面上泛着阳光，那情景使人想起体育场中人头攒动的人群，或者是从前学校实验室见到的发光细菌的显微镜图像。摇曳着的每一束光影转瞬即逝，随波荡漾，不断闪现。凝视着数以亿计的光点的闪动，感觉到橘黄的颜色逐渐渗入脑海，闪烁着从五官流入体内。橘黄色的光点如同铃声一般在耳中鸣响，干燥的气体散发着一种类似火药的焦糊气味，在喉咙深处引发干渴，刺透视网膜，好似天象仪中的繁星一般吸附在头盖骨上。据说先天性的盲人看到的是一片火红的沙漠，我想就是这种感觉。

我纹丝不动。汗水淌过我的腹部，到达游泳裤边之前便被海风吹干了，使我感觉冷飕飕的，一想到身体左边放着的画架和画布，以及散发着油味的颜料盒，我便觉得恶心。大海在闪闪发光，似乎在嘲笑颜料盒中所有的蓝色。从岩石和矿石中提取的颜料根本无法再现出大海的颜色。眼前浩瀚的大海融化了世上所有的一切之后仍然清冽澄澈，透过水底的海藻映照着天空。刚才错挤出的赭黄色颜料已经干透，裂开了细纹。

女人依然站在水边，脚跟不停地踩着沙子。

那个女人吃早饭时坐在对面的桌子，我记得和她寒暄过两三句。

“喂，你知道哪里可以借到安飞士沙地兜风车？问酒店前台就行吗？今天我想换五十美元。”

女人一边吃着橙子一边问我。我没有回答，只是摇了一下头。因为当时我吃多了甜瓜和番木瓜，感觉有点不舒服，而且那时已经日上三竿，酒店里充满了灿烂的阳光。餐厅从上到下，从跑堂的衣服到粉红色的餐巾、戴眼镜的外国女人的金发和红指甲、坐在旁边的老人吃咸肉时露出的白牙、桌面上镶嵌着的孔雀石和珊瑚、映在咖啡上的我的手指、所有的餐具、生菜的每一片菜叶，就连撒在桌面上的每一粒砂糖，都泛着晶亮的光彩。

“不知安飞士是否出租摩托车？我会骑摩托车。”

我再次摇了下头。气温在不断升高，融化的黄油气味散发到空气中，使空气逐渐凝重，我感到厌倦，不愿意理睬女人。一群女人结伴而过，卷起了一股黄油的气味。她们染着各色头发，脖颈肥胖，手脚都有黑斑。刚才吃的甜瓜太腻，番木瓜也有一点烂。一只耷拉着耳朵的白狗不知从哪里跑来，一个客人用香肠喂它，那狗却毫不理睬，懒懒地躺在游泳池边。

“我是来拍溪谷照片的。”女人手中拿着一架装有长焦镜头的相机。

她对着我按了两次快门。“这里租不到安飞士的车，听说问酒店前台的话，他们会出租酒店的沙地兜风车，不知还有没有？”

我来到海边时，女人已在海里游泳。我支起画架放上画布，但手中出汗，滑得握不住铅笔，而且笔上沾满了沙子。甜瓜和番木瓜仍然使我不住反胃，于是我决定停下画笔，躺下休息。

女人先是躺在气垫上，浮在水面，后来大概是发现了我，便回到沙滩上朝我不停地挥手。

她从水边走回到自己的遮阳伞下，低头回望着自己踩出的脚印，擦拭了一下身体，不过她用的浴巾并不是酒店的。

酒店的浴巾是红色的，上面绣着一个黄色的 S 印记。那个女人用的是一条在沙滩上极为醒目的白色浴巾。

在白色画布的对面，远远地可以见到白色浴巾在不停地摆动，女人脸庞的侧面和被海水浸湿的头发在其间时隐时现。女人在梳理头发，刚刚擦干的浓密的头发随着海风不断飘扬。女人又在刚擦干净的皮肤上涂抹橄榄油，油香随风隐隐传来，如果风向逆转，气味可能更加浓郁。

女人在两臂上涂着油朝我微笑，我也像她刚才那样挥了一下手。

女人手指大海在说着什么。大海的远方泛着鱼腹般的银色，一望无际，十分耀眼。

女人走了过来。

“给我那杯汽水喝一下，可以吗？”

我将红色汽水递给了她，里面的冰块已经开始融化。

“已经不凉了。”

女人衔着吸管喝了一口汽水，再次用手指着大海的远处。

“喂，你也看得见那里的城市吗？是不是只有我能看见？那里应该是座城市吧？”她目不转睛地看着手指的方向轻声说道。

我略微抬起上身。所谓城市，指的大概是女人隐约看到的远方的黑线。在海平面的远方有一条黑线，由于海面上阳光的影响，它时黑时白，右侧缓缓起伏，朦朦胧胧，不知是海岛还是半岛。凝目而视，眼底会感觉到一种刺痛，黑线也会从视野中消失。我将视线移到自己的脚上。

“真的，已经不凉了。”

她递回水杯。冰已经完全融化了。

“喂，你看不见城市吗?”

我把手罩在眼上方，再次凝神向远方望去，发现起伏的曲线最突起的地方竖立着什么东西，从这里望去只有针尖一般大小。如果那曲线是海岛或半岛的城市的话，那个微小的突起应该是一座尖塔。大概是山顶上的无线电天线塔，或者是巨大的烟囱，或者是为旅游观光特别设立的瞭望塔。

我想起避暑山庄的牛奶。夏天在避暑山庄的庭院里喝牛奶时，玻璃杯的表面会映出周围的风景。凉爽的空气形成的水滴表层映出周围的树木、乳白色的屋顶、白云以及群山峻岭，而且，周围景象映在玻璃表面形成的微妙曲线，和现在眼前看到的远方黑线十分相似。

“明信片上的城市。”

除了针尖般的尖塔，远方的黑线上还有一些细小的凹凸。我从前好像在什么地方看到过那种远景，似乎是从遥远的国度寄来的新闻纪录片里的一个片断。

图像十分昏暗，画面粗糙，光线刺眼，而且模糊不清，如果远离画面眯眼细看，可以辨别出画面中有士兵从即将坍塌的建筑物里用轻机枪扫射，身材矮小的国王和腰肢纤细的公主在金色的地毯上步行，耳上穿孔的土人傻笑着站在被猎杀的大象上，手举香蕉和长枪。我记得在新闻纪录片中见过海边模糊的远景。

女人如同眺望自己的故乡一样微微叹了口气，凝视着远方模糊不清的黑线。

“父亲曾经给我买过。以前，在我房间里，贴在黄色的墙壁上。”

“贴在安东尼·博金斯照片旁边的明信片很像那座城市，在我还是孩子的时候。你看得见尖塔吗？你瞧，建在那座山顶上的尖塔！明信片的画里也有一座尖塔。”

圆桌上映出遮阳伞的阴影，盛着苏打水的玻璃杯里是冰块融化后留下的静静的液体。

“我觉得那是烟囱，那个塔一定是烟囱，你看它在冒烟。”

我将沾着淡彩的纤细画笔轻轻放入水杯，颜料在水中画出奇异的曲线不断扩散。女人说那飘动的颜料是烟，在大海彼岸城市的尖塔上确实有类似的东西在飘动。我不知道那是不是烟，不过，的确有什么东西在飘舞。

略带微妙凹凸的黑色线条。女人说那是城市模糊的曲线横卧在阳光灿烂的大海彼岸。那上方低垂着厚厚的黑云，那座城市现在笼罩在雷雨即将降临的潮湿空气之中。

“不过，我的明信片里的城市不一样，那不是烟囱，是一座雄伟的尖塔。大概是用来燃烧什么东西的，可能是处理垃圾。你仔细看，那是不是一座建筑物？那座楼好像不太漂亮，在那个烟囱旁边，好像监狱一样，是很一般的楼，窗户很少，有几扇窗子玻璃碎了，窗框生了铁锈，弯弯曲曲的。那座楼里一定十分黑暗，大概里面不需要阳光，烟囱冒出的黑烟熏黑了墙壁。”

女人看了我一眼。她将凝视着大海的眼光转向我，汗水沿着耳后侧流淌。大概她昨天才到这里，皮肤仍然十分白皙，薄薄的泳装紧贴在柔软的皮肤上，精心涂抹的橄榄油发出湿润的光彩。从她的眼神看，她昨天夜里没有睡好觉，可能是长时间眺望大海的缘故。

“你的眼睛里有城市的影子。”

女人注视着我的双眼。

“你的眼睛里有城市的影子，有巨大的垃圾堆，有处理垃圾的设施，楼是肮脏的灰色，似乎都是房顶很高的房间，不知是几层楼，每个窗户都很小，大概是为了防止臭气和黑烟。毫无装饰的水泥柱子，巨大的墙壁，上面有各种各样的涂鸦，都是孩子们画的。窗子非常高，窗户上没有树影，只有黯淡的天空。天就要下雨了，不知为什么只有那里黑云压顶，整座城市笼罩在潮湿的空气之中，垃圾山上落满了乌鸦。”

地势平缓的山顶附近，强烈的恶臭缓缓地飘向天空。密云低垂，各种垃圾的腐臭气味弥漫在空中，与低云混杂在一起。从废弃的垃圾的缝隙间隐约可以见到红土的地面，腐肉扔在垃圾堆里，香肠的肉，一眼就可以看出是腐烂的香肠肉。不光是表面，里面的纤维也长满了霉菌，看上去如同布满癞疮的白人阳具。垃圾堆里还有许多香蕉，腐烂融化的香蕉，黏稠的香蕉液从黑色的香蕉皮的缝隙中缓慢流出。冷冻失败的牛奶，结成灰色块状的酸臭的牛奶挂在破裂的瓶口。保健所丢弃的狗、猫、牛和猪的死尸龇着牙，干燥的眼睛合不拢，腹部的皮肤像抹布一般扭曲着，死尸上的小裂缝里散发着臭气，较大的裂口里则露出小手指般的内脏。圆白菜好像是过季废弃的，颜色已经变得黑红，完全失去了原貌，如同融化了的婴儿头颅，呈浆糊状。那不是一片一片的叶子变色，而是无数的黑色和红色的斑点覆盖着整个菜叶。沾满油污的鱼和海贝反射着阳光，蛋黄从破裂的蛋壳中流出，在地面上像冰块一样凝固，黄色的冰块上映出低垂的密云。垃圾山上聚集着乌鸦、野狗和爬虫，互相争抢食物，但并不厮打。偶尔有猴子到来，脖子上戴着散发人的体臭的项圈，一出现便被野狗撕成碎片。野狗并不理睬乌鸦，也不成群结伙。乌鸦构成了一个小社会，有几个群体，分别由一只体格较大的乌鸦充当首领。每个乌鸦群都在不同的时间内飞到垃圾堆上找寻食物。当另一个乌鸦群到来时，原来的乌鸦群便十分礼貌地让出地盘，然后在空中盘旋，在树梢上歇息，梳理羽毛，拣食身上的小虫，在树干上擦拭鸟喙。乌鸦的交替周期同垃圾处理站巨大的燃烧炉开关时间有联系，当燃烧炉口打开时，轰鸣的火声笼罩了周围的一切，这时乌鸦群便纷纷鸣叫着飞向高空。

乌鸦惧怕燃烧的火声，黑色的乌鸦们知道那巨大的声响是源于灼烈的火焰。在垃圾山的表面、内部及底部潮湿的地面上，蠕动着众多的爬虫。这是一种手掌般大的粉色蜘蛛，除了腿脚，全身都长着突起物，像青蛙一样，它们不停地爬入保健所丢弃的猫狗牛马猪以及鸭子的尸体中。这种身上有突起的蜘蛛所喜爱的肉类必须具备一定的腐烂度，它并不在所有死尸中筑巢。刚刚开始腐烂的、完全腐败变形凝固的都不符合标准，只有眼球发酵变黄、开始腐败融化的尸体才中它们的意。蜘蛛从尸体的眼睛钻入体内，用后腿刮下腐肉，吐出酸性的唾液，吸食纤维组织融化时的体液。蜘蛛在死猪的体内横行，在骨架之间爬行，挖出无数的错综复杂的通道。还有一种像香烟一般大的青虫，主要聚集在废弃的圆白菜之中，这种青虫不怕被乌鸦啄食，因为它们的体液里含有一种毒素，当它们变成飞蛾时，毒素便会自然消失。

当青虫从灰色的蛹里蜕皮羽化时，乌鸦便急不可待地大群飞来。圆白菜黑红色斑点的叶子上爬满了这种青虫，那情景宛如女人紧紧攥住人的大脑的纤细手指。据说有一种甲虫会在另外一种通体柔软的昆虫体内产卵，幼虫以昆虫的嫩肉为食。这就是那种气味浓烈的甲虫，与嫩肉相比，它们更喜欢腐烂的东西，它们喜欢吸食被各种细菌和暑热所腐蚀的腐败的半凝固的物体、与土壤同化之前的腐肉、即将气化的烂肉。所有的垃圾上都像地毯一般布满了苍蝇、往返于腐烂地面的蚂蚁，潮湿的地面上充满霉菌，如同检查色盲的图案一般，还有少数阴湿的植物群，贼眉鼠眼的肥胖的老鼠群。在这样的环境里，三个少年步行而来。他们绕开锋利而危险的玻璃和金属片，小心翼翼地留意着避免触到有毒的动物和毒草，斜眼瞟着干瘪的、飘散着甘甜芬芳气息的女人干透的发束，搜寻着丢弃的桃子。为了卖桃核，他们准备拣拾因磕碰或被风雨侵蚀、受到虫蛀而扔掉的桃子。

城里有人买桃核。那是一个眼窝下垂、满身酒臭、所有的指甲短小而有裂纹、身材矮小如同侏儒的男人。

少年不知道那人买桃核干什么。听说可以入药，还可以喂家畜，也许是为了埋在土里培植桃树。这些对于少年都无所谓。男人买桃核的时候事先准备好一个装满水的铁桶，然后将少年拣来的桃核放入水桶。那人只买沉到水底的，少年脑子里想的只是尽可能多地收集坚硬而沉重的桃核。

今天比较特殊。

他们专心致志地寻找桃子。尽管已经破损、污秽或腐烂的其他东西也能引起孩子们兴趣，例如无数的玩具、乐器以及光学仪器，还有女人的内裤和色情杂志，但他们只是寻找到处流淌着黏液的桃子。

“喂，这个还能吃，你不觉得看上去味道还挺好吗？”

“那种桃子不中用，熟透腐烂的不行，要小而硬的。”

“可是，这个好像还能吃，这种行吗？”

“外表看不出来，能不能吃从外表看不出来。”

“为什么会扔掉呢？”

“你真是傻瓜，外表看不出来，吃了可能会死。我姨妈就是吃死的。从外表根本看不出来。”

“死了？真死了吗？”

“是啊，我只见过她三次，不过我也去了火葬场。你去过那个果园旁边的火葬场吗？”

“死了？是吃桃死的吗？”

“不，不是桃，是鱼！你没去过火葬场吧？”

“是不是有股怪味的地方？”

“火葬场没有味儿。”

“不是桃吧？吃鱼有时也会死的。人们都不喜欢吃桃吗？你姨妈怎么样？”

“你不知道火葬场的威力吧？出来就只剩骨灰了，人出来的时候全是骨灰。”

“只剩骨灰？”

“是啊，只有骨灰。厉害吧？头骨出来时还有一点儿热乎，用手一抓就散了。”

“会变成灰吗？”

“是啊，散开之后就是灰。”

“可为什么只剩下骨灰呢？”

“一定是温度调高了，肉就烧掉了。我也不太清楚。”

“如果是活着被烧死，一定很疼吧？”

“那里只烧死人。”

“你不喜欢吃桃吗？”

“原来你是想吃那个桃啊，想吃就吃呗，吃啊。”

“我爸爸不喜欢吃桃，我从前不怎么吃桃，你不觉得味道很香吗？味儿很好闻。”

“你尝一口，可以吃的。”

“不会像你姨妈那样吃死吧？喂，你觉得怎么样？”

“可以吃。”

“每次走过水果店我都想，一到季节，店头就摆上了桃子。我总觉得那味儿很好闻。你知道是什么时候卖桃吗？”

“你尝一下。”

少年咬了一口桃，立即皱起眉头吐了出来。

“怎么了，不好吃？”

“桃是甜的吧？这个坏了。”

“烂了吗？”

“没有味道，只是软软的，就像温吞水，吃了让人恶心。”

“好桃不会扔的。”

“肯定会摆在店里卖的。”

“下次你在店里买一个吃不就得了吗？用卖桃核挣的钱买。”

三个人又向前走。他们手提的铝罐里还只有不到二十个桃子，他们至少要收集一百个桃核。今天他们要挣一点儿钱，今天是特别的日子。刚才啃桃的那个少年边走边把手中较硬的桃子扔向圆白菜堆中的乌鸦。

“你干什么？傻瓜，多可惜！”说话的少年穿着一件印有帆船图案的汗衫。其他两个少年穿的汗衫没有图案，其中一个腋下有些破烂。乌鸦吃了一惊，发出一阵令人厌恶的叫声，一起飞走了。

“我突然觉得心里有火。”只有投击乌鸦的少年没穿袜子，因此穿帆船汗衫的少年才让他注意别给蛇咬了。三个人发现只剩下一只乌鸦。那只乌鸦身体肥大，羽毛发出黑亮的光泽。

“那是乌鸦头儿。”一个少年捡起一只还装有牛奶的罐头瞄准乌鸦扔了过去。

随着一声闷响，罐头落在乌鸦的身旁，乌鸦却纹丝不动。

乌鸦悠闲自得地用尖利的爪尖撕扯着圆白菜，抬头看了少年们一眼。

“那家伙一定是聋子。”

穿帆船汗衫的少年说完之后，三人又开始向前走。

“我觉得有的家伙像那个乌鸦。”

“是啊，有！我很讨厌。”

“它耳朵听不见，没办法。”

三人离开圆白菜堆之后，乌鸦又一只接一只飞了回来。可是，刚才没飞走的那只乌鸦十分醒目，一眼就可以辨认出来。它一直没有移动，专心啄食着圆白菜，相比之下，它的身材要比其他乌鸦大得多。

这个垃圾处理站有一条推土机辟出的道路，路两侧的各种垃圾形成了墙壁。地面湿润而柔软，各种垃圾腐烂融化后在地面上形成奇妙的花纹。三个少年避开泥泞的地方继续向前走，即使如此，他们的布鞋仍然沾上了黄色的污渍，发出一股恶臭。

“你家邻居那个家伙是不是总骑着一辆大摩托车，那叫什么名字？”

“是骑车的那家伙吗？”

“不，是摩托车的牌子。”

“我不知道，骑车的那家伙令人讨厌。”

“那是一辆外国车吧？我从来没见过那种外国摩托车，还插着旗子。”

“后面经常坐着一个红头发的洋妞儿，两个人都穿着游泳衣，大家都说那家伙让人讨厌。”

“我不知道大家为什么都讨厌他们，其实穿泳衣骑摩托车也无所谓嘛。”

“你没看见过吧？看见一次就知道了。”

“我也想骑摩托车。”

“摩托车很贵。”

“心情肯定很爽。”

“我不要红头发的洋妞儿。”

“我妈说那家伙好像有病，听说是不治之症。”

“难怪买了摩托车，令人羡慕啊。得病不好，但是有摩托车不错。”

在堆满死猪和各种家具的地方有一群野狗，其中有几只正在交尾。

野狗有许多，从手掌大小的到小牛一般大的都有。

“你知道它们在干什么吗？”

“是不是在快活?”

有两只狗围着镜台边跑边交欢，它们耷拉着耳朵，全身的毛都已脱落。母狗很小，不住地抖动着身体，布满污垢的破镜子上倒映出沾满血迹的狗尾和狗腿。

“骑在上面的家伙真可恶!”

“据说第一次干那种事儿，不论是人还是狗，女的都会流血。”

“你真傻，那些都是老家伙了。你没看见毛都脱光了吗?欺负那么小的狗，真可恶!”

另一对狗高声嗥叫着跑散了。长毛母狗飞速跑开时撞到被拦腰斩断的死猪头上，密密麻麻的苍蝇腾空飞起，愤怒的母狗嗥叫着咬住了僵硬的猪鼻子。三个少年见此情景，不觉捧腹大笑。失去母狗的红毛公狗摇晃着胶皮管一般的家伙无奈地跑来跑去。

“被女人甩了，真是窝囊废!”

“还湿着呢，头儿上还没干。”

母狗松开咬住猪鼻子的嘴之后仍然十分兴奋，不停地抖动屁股，它碰到一对正在交尾的狗，不觉吃了一惊，蹦跳了起来。

“你觉得狗肉怎么样?”

“狗肉怎么了?”

“能不能卖钱?可不可以给我介绍买狗肉的人?”

“对呀，桃子越来越少。我听我爸爸说红狗肉有的地方可以卖。”

“要抓现在就是好机会，这帮家伙正在寻欢作乐呢。”

“就抓那只红毛大母狗!”

“要打死吧?”

穿帆船汗衫的少年随手捡起一根丢在地上的沉重的铁棒。

“打碎头骨很麻烦，我过去在电影里见过。”

说这话的是没穿袜子的少年，他找到半把生锈的剪刀，用铁丝固定在一根木头上。

“要一棒子打死！如果死前乱跑，搞得血浆四溅，看着不让人难受?”

“你下手吗?”

少年端着绑上剪刀头的木棒，蹑手蹑脚地走近野狗群。狗并没有跑开。

“他刚才讲骑摩托车的那个家伙时，不是说讨厌那个骑摩托车的家伙吗？我知道为什么了，我知道为什么他讨厌那个骑摩托的家伙。”

“什么？你在胡扯什么？你说摩托车怎么了?”

“等他宰了狗我再告诉你，他从前一直讨厌红毛狗。”

周围没有一丝凉风。狗大概察觉到了什么，不时抬头看看走上前的少年。

狗群中的狗有的喘着粗气，有的撑着前腿，有的淌着鲜血，有的颤抖着身体。打算杀狗的少年觉得狗的眼睛里缺乏狠劲。狗眼十分安详，这让我想起狗眼不大变色，无论是吃食时，睡眠中突然被脚步声惊醒时，还是平时走路时，眼睛都是同样的颜色，狗眼在夜晚也不发光，杀死正在交尾的狗是件简单活儿，没有比杀死寻欢作乐的动物更容易的事了。相反，生完狗崽的母狗凶猛异常，那只红毛狗正在交欢，那家伙已经在劫难逃。

那只母狗吐着舌头，喘着粗气，从舌尖上流淌出来的浑浊的白色唾液不住地滴在凝固于地表的蛋黄上，眼球湿漉漉的，大概眼泪遮住了视野，它看见少年时并没有改变表情。少年挥起木棒时，他想起了小时候用放大镜烧死螳螂的情景。他在学校操场的沙坑里发现螳螂正在交尾，于是用放大镜聚集阳光，在螳螂白嫩柔软的腹部烧开一个黑洞，螳螂的腹部冒出黑烟，发出一股焦灼的臭味，但那只螳螂并没有中断交尾。那时螳螂的眼睛似乎也和眼前的狗一样湿漉漉的。

周围响起了如同厚胶皮轮胎破裂一般的闷响。剪刀插在红毛狗的头上，那只狗一声不吭倒了下去。骑在它身上的黑色公狗喉咙里发出令人毛骨悚然的惨叫，疯了似的四脚乱蹬。那惨叫声回响在垃圾山上，让三个少年心惊胆寒。可是，其他的狗却毫不理会，继续交尾。刚才被母狗拒绝的那只公狗耷拉着胶皮管一样的家伙啃猪肉，脚上沾满血迹，颤抖不已的脱毛小母狗流着鲜血低声哀号着。只有那只在交尾中失去伙伴的公狗还在不停地嗥叫，骑在死狗身上，胡乱地扭着身躯，脚踢着地面。它的脚踩在鸡蛋上，绿色的腐败蛋黄流出来，沾满了脚尖，它还在不停地嗥叫。

“喂，连它一块儿宰了!”

“打死那只乱叫的狗!”

在旁边看热闹的两个少年怒吼道。

没穿袜子的少年点了一下头，重新挥起木棒。他用力去拔剪刀，但剪刀很牢，深深地插在狗头上。少年用左脚踏住瞪着眼睛死去的红毛母狗的头，一咬牙拔出了剪刀。鲜血喷了出来。少年惊叫一声跑开了。他扔下木棒，朝伙伴那里跑去。见此情景，一只公狗狂吠着冲过来，猛然咬住他的脚腕，少年又惊叫一声，摔倒在地上。两个少年手持铁棍冲上来搭救。没穿袜子的少年被狗深深咬了一口，两个少年挥舞铁棒追赶着那条体型不大的公狗。

“怎么样？你不碍事吗？”

“你去看一下那家伙，那家伙嘴里没吐泡沫吧？你看一下，它好像在吐着什么，是不是在吐泡沫？”

“什么也没吐。”

“你们两个抬我一下好吗？真没吐吗？”

“你自己看好了。”

“这附近有很多，你也知道吧？很多狗有狂犬病。”

“没关系！”

两个人撕破身上的汗衫裹在没穿袜子的少年的脚上。

“血马上就会止住。”

“很疼。”

“咬开了一个洞。”

少年站起身，找到咬伤自己的那只狗，亲眼确认狗嘴里没有吐出泡沫。

“该死的，我宰了你！”

“算了吧，你自己看看，很恶心的。”

“还在流血呢。”

“狗头上出血了。”

那只在交尾中失去对手的公狗终于停止了嗥叫，身体仍然没有离开那只死狗。从死去的母狗头上流出的血染红了长长的狗毛，公狗为母狗舔着流出的血。

“你能走吗？”

“啊，那条狗的确没有吐泡泡。”

瘸腿的少年走在中间，三个人离开狗群，又走在推土机开辟的道路上。

“很疼吗？”

“杀死那家伙就对了。”

三个人发现了大量的桃子，他们赶开了乌鸦。

“那条狗的肉很可惜。”

“有人会吃那种狗肉吗?”

“当下酒菜吃。我爸爸说过，就着酒吃的话，什么都好吃。”

穿帆船汗衫的少年不知从哪里拔来了长着茸毛和锯齿、气味刺鼻的药草，在手掌上搓了几下，将草汁敷在受伤少年的脚上。

“麻烦你了。我想去看一下风景。”

少年瘸着腿走向山坡。垃圾山的边上有个较高的山坡，可以俯瞰整座城市。穿过被丢弃的水果堆，可以看到巨大的烟囱、灰色的楼房以及三辆准备作业的推土机。

脚已经不太疼了，那个小伙伴涂了草汁之后，脚上的血好像止住了。不过，应该把那只公狗一起杀死才对，少年一瘸一拐地走着，一边胡思乱想。那只红毛母狗死后眼睛也没有变色，一直湿漉漉的，不久，它就会像那些死猪一样变得僵硬，眼睛也会干枯。

垃圾的臭味淡薄了，眼前出现了铁丝网。铁丝网外就是他们要去的山坡，山坡下是城市。黑云密布的城市，始终不会改变容貌的城市。他还不会走路的时候就经常到那里眺望城市，自那时起，城市丝毫没有变化。但今天是一个特别的日子，整个城市装饰一新，城市的中心是坐落在浓密的森林旁边的中心广场，人们正在筹备狂欢节的庆典。广场的中心是一座以狮子斗蛇为主题的巨大的大理石雕像，四周呈放射状铺满了光滑的石板，广场四周等距离摆放着座椅和花坛。由于阴云笼罩，广场上没有一丝树影，周围充斥着灰色的大理石，似乎这种寂静和昏暗始于几百年前，宁静的气氛一直通向毗邻的公园。

在公园的一角，有一座让人感到安详宁静的楼房。

这是一座红色的砖楼，掩映在巨大的绿荫之下，只有涉足公园深处才能辨别出它的全貌。银色的门扉之外站着两个手持旧式步枪的卫兵。

女人从树影中闪现出身影，手持高跟鞋，光着脚从光秃的大树后面走出，向站在门口的卫兵微笑。

年轻的卫兵瞟了女人一眼，但丝毫没有改变严肃的表情。女人赤脚走近楼房，在卫兵的眼前缓慢地穿上了银色的高跟鞋。

“落叶很舒服，光着脚走特别凉快。”

女人从卫兵打开的门里走进去时说道。砖楼所有的窗户都紧闭着，里面挂着窗帘，窗户玻璃上映出公园浓郁的绿茵。

女人走在宽阔阴森的走廊上，不时和面色红润、身材高大的老人擦肩而过。他们都穿着同样的服装。

那是一种厚实的、普通人不会在这种天气穿的茶色衣服。四周像死一般寂静，从走廊尽头向右拐，便是通往幽暗的地下室的入口。潮湿的空气迎面扑来，气氛让人心惊胆战。女人在那里驻足片刻，走上楼梯。高跟鞋踩在楼梯上，发出清脆的声响。从楼上走下来的老人身穿茶色制服，对女人说着什么，但听不清楚，沙哑的声音在高大的走廊里回响着。女人虽然没听懂，但还是回过头来轻轻应了一声。其实老人们讲的是外语，说的是倒霉的天气。

女人登上三楼。潮湿的气味有所缓和，但大腿内侧却渗出了汗水。大厅的走廊里挂着三幅画，全是穿着镶花边的华丽服饰、脸庞如同猴子一般的女人肖像，左边那幅是眺望远方的表情，剩下的两幅则满面笑容。画像已经多处油彩剥落，三幅画里的人物都手戴戒指。女人每次看到中间那幅画时，总是觉得其中的人物很眼熟，好像在哪里见过。画框的花纹十分复杂，落满了尘埃。女人确认周围没人之后，拭去了大腿的汗水。

她打开房间的铁门，见到一个男人极不自然地坐在沙发上咧着嘴微笑，他穿着和刚才遇到的老人一样的制服。

男人并不衰老，他正在欣赏从闪亮而笨重的电唱机中奏出的小提琴曲。

音乐的旋律和女人脚踩地毯的脚步声交织在一起。这是一个高大的房间，小提琴曲在房间里回荡。房间中央摆着台球桌，还有孔雀石桌腿的四轮手推活动桌，壁炉里扔着一本正在燃烧的杂志，英国女王的头像已经烧掉了半边。小提琴的音色缓慢地在房间里荡漾，如同猫的舌头舔着涂满黄油的女人大腿。布质的挂历镶着乌亮的金框，左边放着一台摆钟，指针指在十一点四十三分，上午即将结束。圆圆的穿衣镜略微弯曲地反照出整个房间，女人双手按在沙发边沿，面无表情地亲吻了男人。

“你来晚了，我早知道你会迟到的。”

小提琴曲换了一个新的旋律，继续在房间里回响。蓝色的厚布窗帘。昏暗的房间里摆放着各类观赏植物，装饰台上陈列着贝壳制成的茶杯，南方部落居民使用的匕首和叉枪，鹿头标本，地板上铺着白熊皮地毯，紫色的药瓶和白色的药片，旁边放着注射器，装饰着羽毛的帽子和用薄布精心织成的长手套，金色的假发以及长剑。小提琴曲荡气回肠的旋律流过房间里的每一个饰物，停留在穿制服的男人浑浊的眼球上。

“今天是狂欢节？你不是一直盼着这一天吗？”

“不过天气让人担心，好像有雨，看来马上就要下了，狂欢节好像不能延期。”

女人咧开涂着口红的嘴，一边朝高脚酒杯里倒粉色透明的葡萄酒一边说道。男人站了起来，摇晃了一下身体，差点摔倒。他猛烈地摇了一下头，揉了揉眼。他走向窗边时样子十分瘫软，好像全身的骨架就要散了似的。

“没关系，我想不会下雨，刚才广播里预告了。”

说完他打开了窗帘。

“你今天白天就喝酒了？”

女人走到窗边笑道。

“不是，我正在谈会不会下雨。”

男人用皮靴尖不停地踢着墙壁，见此情景，女人想起了在动物园里见到的白马。那是一匹畸形的马，女人亲眼见到那匹马生下来便死了。那马没有骨头。不知为什么，她总觉得这个人和那匹马一模一样，面色苍白，四肢站立不稳，眼睛里也有那匹白马惊慌不安的眼神。下次我一定问问他，你害怕什么？

“昨天你立即回家了吗？”

“咦，你不是要谈天气吗？”

“下雨的事说不上几句就完了。”

“立即回家了。”

女人一直没有正视男人的眼睛，他那光秃的额头和紧张的表情使人感到不安。她想什么时候看看映在镜子里的模样，但房间的光线太暗。不过，他的嘴唇宽厚，柔软冰凉，使人感到惬意。

“直接回家了吗？”

“是啊，当然。”

“家里人没说什么吗?”

“全都睡了，已经很晚了。”

“你家里人已经不再说什么了吗?不再因为我的事说闲话吗?”

“爸爸还说。你知道我爸爸不喜欢你。你应该知道这也难怪，他很恨你，现在只是表情很悲伤。”

“是吗?你给他买点什么。我出钱，你给他买点什么好了。”

“没有必要，他不会喜欢的。”

女人想这个人的确脑筋有点儿不正常。交往了半年，他总是反复问同样的问题，昨天就问过我爸爸的事，当时也说要出钱给他买点什么之类的话。

“爸爸精神很好，什么都不要。他总是说想工作，但你知道他什么也做不了，他没有双手。”

“哦，对不起。我说过从瑞士给他请个造假肢的工匠，你总是不肯，瑞士的假肢是一流的。”

“别再提我爸了。”

“随你的便。不过跟你爸爸讲，我会给他买最好的假肢。”

男人望着窗外，现在是夏季，他却不大开窗。栏杆上布满了灰尘，死去的小昆虫粘在玻璃上，大概是为寻找亮光而撞上来的。房间和公园的树林高度相同，修剪整齐的各种树木看上去如同田野一样。对面是大海，这座城市笼罩在黑云中，而对岸却阳光灿烂。男人从窗口眺望着远方。

“你瞧，狂欢节时人人都在忙碌。我要找一个人，拜托你行吗？你认识擦皮靴的小孩吗？我要找人擦皮靴。”

“不认识，我讨厌听这话！”

“你说什么傻话？不过是擦皮靴的孩子，我说什么得罪你的话了吗？”

“上次见到的那个孩子怎么了？不是有一个吗？上次在走廊给你擦皮靴的那个孩子。”

“那个不行，我狠狠打了他一顿，把他赶走了。那是个小偷。”

“打他了？”

“他偷了我的笔。啊，对了，你的孩子怎么样？”

“我哪有什么孩子？”

“别撒谎，你的内衣总是有一股婴儿奶粉那样的洗衣粉味道，我猜想那是保护婴儿皮肤的特别洗衣粉。你有孩子吧？”

“没有，这是普通的味儿，你只穿军服，所以不懂。”

“你别骗我，我有毛衣和开襟衫。而且，有一次给你打电话，听到有小孩的声音，当时在喊妈妈给我饼干，那是你的孩子吧？”

“我没有什么孩子！”

“不对，你有。一个还不会走路，另一个快上小学了，要饼干的是大的，你用的洗衣粉是洗婴儿衣服的。上次我见到了，你在肉店买鸡肝时带着一个孩子，是一个很丑的孩子，嘴上长着裂唇，我想让他擦皮靴。”

“那不是我的孩子。”

“不对，是你的孩子，别隐瞒。那天你买了鸡肝炖熟，和那个裂唇的孩子一起吃了。那个孩子吵闹着不想吃，你说有营养，硬塞在他嘴里，是从裂唇里塞进去的，对不对?”

“对，没错，这可以了吧?那个孩子是我的，说起这事我就心烦，我们还是跳舞吧?”

“心烦就开窗好了。你擦一下汗，我讨厌鼻尖出汗的人，就用这条手帕擦一下。把你的孩子借我用一下好吗?我想让他擦皮靴，那个孩子正合适，我不会让他坐在走廊上的，是在白熊皮上擦。”

“算了，我们不说这个了。我去找个孩子来，你让他擦皮靴好吗?”

“你的孩子为什么是裂唇?”

“我找个别的孩子。”

“我想让那个丑小子擦皮靴，让你的孩子。”

“我们跳舞吧，我想跳舞。”

“你不会跳正规的华尔兹舞，你总是转圈儿。”

男人一边说着，一边拐着腿，摇晃着身体走向电唱机。

他微微颤抖着嘴唇打开了笨重的盖子。

刚才那张唱片反面的小提琴曲又在房间里回旋，乐曲卷起的漩涡飘出窗外。女人用全身支撑着东倒西歪的男人，准备跳舞。男人转了两圈说头晕，在女人的耳旁低声嘟囔道：

“窗子的扶手上有一个捻灭的烟头，捡起来丢到垃圾桶里去。今天早上我在那里吸烟。如果下雨，开着窗户会淋湿的。你是不是很难受？”

“今天早起了？起床之后就抽烟，身体好了吗？”

“别像战争时的女人那样训人。你刚才和卫兵讲些什么？你说了什么，是吧？我看见你的嘴在动。那个卫兵说什么了吗？”

“我只说了一句在落叶上光着脚走路特别舒服。”

“落叶和白熊皮……”穿军服的男人低声嘟哝道。他看着烟灰缸上点燃的香烟，喝干了粉红色的酒，酒呛得他咳嗽了一声。

“今天早起了？”

女人又重复了先前的提问。停了一会儿，男人开口了。“为什么问这种傻话？”说话时男人又咳嗽了两声，小提琴曲的旋律急转直下。

“我本想看鸟，像小时候那样。小时候看过鸟吧？从前看到鸟，心就会平静下来。”

穿军服的男人指甲缝里带着黑红色的污垢，那是血污。

“今天看到鸟了吗？”

“看到了，在树上啄食。不过，已经没兴趣了，即使看到鸟也觉得没意思。”

男人说过他曾经杀过人，曾经杀过许多人。这个房间角落里有个大玻璃瓶，里面装满了用酒精浸泡的、起褶皱的白色物体，穿军服的男人说那是死人的耳朵，是否属实则不得而知。

“从前我见到鸟就害怕，不是清晨的鸟，是黑夜的鸟，清晨的鸟让人赏心悦目。你说过我疯了，大概现在也这么想，你是对的。从前，我自己也认为精神不正常，我看着鸟，想起了过去，遥远的过去。还是婴儿的时候，我看着鸟拼命想着那时的事，非常胆怯。我是一个十分懦弱的少年，是的，我像个精神病人一样每天都在担心，对你说大概你也不懂，我当时始终感到一种强大的压力，你不知道什么是强大的压力吧？并不是用大铁锤压扁那样，而是用床垫慢慢地紧紧捂住脑袋那样，或者像装满水的气球，你可以想象一下无形的巨大水床沉重地套在我的身上。那个巨大的水床会从周围所有的东西中渗出，所有的一切，桌子、水杯、顺着手掌爬行的蚂蚁以及房顶的吊灯，因为我家有一个巨大的吊灯，吊灯、外语辞典、父亲吸过的香烟灰，那是雪茄的烟灰，镜子以及妹妹、母亲，甚至从猫的眼睛中渗出来，包围着我，挤压着我，我的头上压着一个无形的、充满着水的气球妖怪，它要勒死我。不知什么时候，我称它是黑夜之鸟，我一直惧怕这个无形的鸟。

于是我思索了许久，一定是在遥远的过去，我的前世大概是狗。你听我说，并不是那种豢养在清洁舒适的狗窝里的纯种狗，而是杂种，常见的普通狗，到处都是，我就是那种狗，就像喂养在面铺或屠宰场的佛兰德狗一样。普通家庭的狗应该有许多记忆，比如院子里花朵的香味，小女孩喂的牛所挤出的牛奶的味道，附近的母狗发情的信号等等，我却没有丝毫这类记忆。不过我一直记得鼻子和喉咙底部塞满了一种令人作呕的玉米面的感觉，这个房间也一样，大概是粉状的，有股怪味。我还记得肉腐烂时发出的气味，硕大的肥牛被割下牛头时发出的惨叫。我没有亲眼目睹过，也没有去过面铺或屠宰场，更不记得在电影里看过，所以我想那一定是前世的记忆。我记得头上飞舞的苍蝇，以及舔舐流淌在地板上的鲜血。总之，我是在面铺或屠宰场养的狗。有一天主人死了，我成了累赘，那主人是个好人，我记得特别清楚，他经常喂我生菜。我和其他狗不同，喜欢吃生菜，正因如此，我现在仍然喜欢生菜。他每天喂我生菜，还很善于抚摸我那里，技巧很高超，我那里要比一般的公狗长几倍，很粗，每次主人抚过就会膨胀起来，如同人的手臂。那个慈祥的主人死了，你明白吗？前世的那条狗非常悲伤。换了新主人之后，人们聚众群殴杀死了我，用厚厚的湿布蒙住我的头，用粗棒打死，是不是很残忍？是的，好似巨大水床一般的既臭又厚的湿布。我的头被打碎了，现在想来，一定是头颅破裂时刺激了脑部的什么地方。不是有人脑袋受伤之后会患上癫痫吗？你能理解吗？那时候我很惨，殴打我的人群十分兴奋。对了，说起牛奶，记得人们还在喝山羊、兔子和骆驼的生奶的时候，英雄们手持长剑争夺女人的远古时代，那时，我是一条狗。自从那时起，我就害怕那种布，湿漉漉的沉重的厚布，像水床似的，黑夜中的无形鸟。由于恐惧，我束手无策，无所事事，无法玩耍。想象一下从皮球、陀螺以及木偶的背后会出现巨大的水床压迫自己。我是个可怜的少年。”

女人品味着粉红色的洋酒，倚着窗户倾听着男人的故事。又是同样的话题，实在让人心烦，已经听过几十遍了。

“我不这么认为，你给我看过小时候的照片，看上去是个聪明可爱的小孩，我喜欢你小时候的面容，很不错。”

几种颜料漂浮在油上，用力调和以后形成了极其肮脏的绿色。男人现在的眼睛就是那种颜色。

“不对，照片上看不出来，无论是透明的还是别的什么，玻璃或者镜头，只要隔着实物，便会失去真实性，必须通过空气观察，如果隔着空气以外的东西，就会产生虚假。我是一个令人讨厌的孩子，总之一直都在害怕，于是我想这样不行。有一次我在宿舍里，那是被父亲送进去的少年学校集体宿舍，有击剑技术考试，我很讨厌这些，总是找借口逃课，但那天必须参加比赛。我和一个参加过奥运会预赛的强手对阵，结果当然输了，不仅输了，喉咙还被刺穿了，因为他们讨厌我，他们说我是个令人恶心的家伙，都嫌弃我。我被刺穿了喉咙，失去了知觉。失去知觉之前，我反复不断地想起那条狗，大概不顾一切地惨叫了，而且小便失禁。不过，通过叫喊和小便，那时我摆脱了身上所有的恐惧。从那以后，狗所害怕的黑夜无形的鸟不再出现，人们说我失去知觉，也许会死。苏醒之前，我做了一个奇怪的梦，想起了婴儿时候的往事，梦里见到了一个名叫瓦格纳的人，不是那个著名的作曲家，这个人出生在路德维希堡的艾格罗斯海姆，父母好像是轻度精神失常，结果他由于手淫过度以及兽淫，陷入自我厌恶而不能自拔，认为村里的男人都知晓自己的勾当，私下议论自己，于是疑神疑鬼，首先刺死睡梦中的老婆和四个孩子，接着在村子里放火，又杀死了九个村民。喂，你在听我说话吗？我在讲瓦格纳的故事。”

穿军装的男人有些兴奋。女人注视着窗外，预备狂欢节的特殊躁动已经波及到了这座楼房。女人又倒了一杯酒，心想我怎么没在听，都听过几十遍了，要亲热的话就快点儿，长篇大论已经听腻了。

“我在听，瓦格纳不是说了什么吗？”

“没错，瓦格纳低声说了一句便走了，他这么说的：‘如果想起了婴儿时代的往事，我也就不会杀人了。’是的，如果能想起婴儿时代的往事就好了。那时的我是个猩猩布娃娃，是朵小花儿和桃树的毛虫，总之是自然界的东西。你要是能理解就太好了，我周围的人，父母、其他人，以及用人、医生和猫狗之类只是稍微留意，丝毫没有反应。我活着，只要有一点空气流动，我就会哭闹，也会生病或是死亡。我是那种价格昂贵的布娃娃，那种赤身裸体无能为力的婴儿。于是我在少年学校宿舍的床上反复思索，现在已经无法退回到婴儿，回到像婴儿那样的半透明状态已经不可能，但可以变成镜子，于是我下决心当镜子。这和你不一样，你看到我时会想上校在这儿，走到距我两米时会想十秒钟之后和他做爱，你站在我面前，扶着我跳舞，你凝视着我的双眼时，见到的是不是你自己？不是在这样的房间。在寸草不生的坦桑尼亚草原上，只有你我两个人时，你找不到我，你在草原上见到的只有你自己。从前我杀死过一个老人，他拥有橘树园，腹部留有手术后的伤疤，我将烧火棍插入那人的腹部，不过这一切都是那个老人导演的，并不是我要做的，是那个老人预先计划的，和我无关，那是老人的欲求，我只是映出别人欲望的镜子罢了，这和闹市区的霓虹灯和赌场的发牌人一样。你在这个房间可以看见我，那只不过是因为我反映出你的欲望，注射器和白熊皮以及阳具模型的橡胶棒。我们两人一起去火星就清楚了，我在火星上会消失的。”

女人对穿军装男人的无聊唠叨充耳不闻，她撑开长裙，随着小提琴曲的旋律不停旋转。她喝干粉红色的洋酒，又倒了一杯烈性酒，在嘴里慢慢品尝，然后一口气咽进了喉咙。烈火在胸膛中扩散，头脑十分清醒，感觉很爽快。

我是一面镜子，真可笑。你就是你，没错，你的确是一条狗。女人喝光了杯中酒，指着男人笑了起来。她脱下高跟鞋，搓着趾缝，用手拂去右脚心沾的湿树叶。她笑着叫道："这就是我的欲望。"说完便脱下长裙扔给了沙发上的男人。"你不是镜子，只不过是一张黏乎乎的粘苍蝇纸，粘上所有的东西自己受累。把我的裙子也粘上了。你身上带着许多烂肉，光头的女孩儿到底做了什么？"

男人双眼通红。

"你的眼简直就像红蚂蚁窝。"

"不许胡说，我最讨厌喝醉酒的女人胡言乱语。你是不是活腻了？你是找死！"

"别光杀我一个，把我爸和孩子一起杀了吧，别让他擦皮靴，你有本事就杀了那个丑小子。"

教堂的钟声响了。已经到了中午，沉闷的钟声穿过红砖和窗帘传入屋中。

"随你怎么样都行，只是别再往我身上抹猪油，冲淋浴时很难洗掉的，沾在头发上洗不干净。”

“我最近心里有件事。”

今天是狂欢节。为了提醒人们，教堂使用了特别的钟声。女人脱光了衣服，手指按在大腿上滑动。

如果父亲没有失去胳膊的话，我还在做电话总机接线员，那就会拉着孩子的手一起去参加狂欢节。这个男人怎么会知道孩子的事情的？他大概叫人调查了，如果那个孩子的裂唇能治好就好了。

“我真的是有心事。”

钟声不停回响着，不知已经敲了几下。如果有什么能像那钟声一样在所有人的头上回荡，或者像这潮湿的空气包容世上所有的一切，钻入其他东西的内部就好了，如果进入我的下身和上校之间，挤入那个孩子的裂唇缝中，该有多好。

“我们去看狂欢节好吗?”

“我盼望的不是狂欢节，而是战争。”

钟声拨开潮湿的空气闯入房间，声波减弱后随风传到远方。钟声有缓解人们心情紧张的效果，钟声总是对人们有所启示，钟声为人们报时，宣布人的生死，在新年送往迎新，预告节日和祈祷时刻的到来。

每当海风掠过耳边的时候，总可以在海岸边听到钟声。

“你想不起什么吗？我每当听到回荡的钟声的时候，总觉得应该回想起什么。”

女人刚才告诉我她叫芬尼。

芬尼移开注视着对岸城市的目光，问道：“有什么东西吃吗？”

我拿出了母亲给我的奶酪派。

“时间长了一点，不过没关系，应该不会坏吧？”

芬尼吃着甜得有点腻的奶酪派，不停地赞叹“好吃”。我也吃了一口，实在太甜。母亲很少加糖过量，她大概认为人到了海边会想吃甜的。一个纸团在风中飘舞着飞过海岸，那是芬尼擦拭嘴唇的纸巾。

“每当听到钟声，我都会想起学校，只是学校。”

“你的故乡怎么样？你的故乡没有这样的钟声吗？像现在，像海对岸的城市，没有报时钟声吗？”

“从学校毕业之后，我就离开了故乡。我的故乡可能也敲钟，总之，记忆中只有学校。不知为什么，每当想起学校总是很伤感，我曾经有很多朋友。”

“你从小就画画儿吗？”

对了，我是来海边画画儿的，洁白的画布放在左边。

太阳仍然当头照耀，橘黄色的沙滩如火焰般灼热。

“小时候就画得很好吗？”

“现在也未必画得好。”

“给我画一张好吗？想不想画？”

“现在？现在有点太热吧？”

“是啊，太热了。”

“而且太刺眼了，眼有点疼。”

“不过，你不是打算画画儿才拿来这些画具的吗？”

“早上没有这么热。”

“凉快之后给我画一张行吗？”

“凉快之后可以。你再吃一个奶酪派怎么样？我觉得有点甜。”

芬尼嘴上说快吃午饭了，可还是吃了半块三角形的奶酪派。

“你母亲做的东西真好吃。”她边说边用舌头舔着手指上的砂糖，嘴边沾着点心渣儿。

“一起去吃饭吗？”

芬尼点了一下头，借我的浴巾又擦拭了一遍身体。

“穿着泳装进餐厅没关系吗？”

“你什么时候到酒店的？”

“昨天晚上，你呢？”

“昨天早上。昨天我没有游泳，不清楚。”

结果，我们穿着游泳衣进餐厅时，被一个系着领结的跑堂挡了出来。餐厅里坐着一个女人，上身只裹着一块布，于是我们和跑堂争辩说："那不也是游泳衣吗？"但他回答说那是晚礼裙。据说头发必须全部干透，而且要穿衬衫。

我们回到各自的房间，冲澡，吹干头发，换上衬衫，饱餐了一顿羊肉咖喱饭。两人都喝了啤酒，是标签上画着大象的当地出产的啤酒。

芬尼涂了淡淡的口红，扎起了头发，讲了她养的小猫夭折的事。据说是一个失去母亲、经常受到酒鬼父亲虐待的孩子杀死了她的猫。我觉得这个话题不应该在午饭时谈论。饭后，我吃了冰激凌，芬尼要了一个淋了糖浆的烤香蕉。餐厅里客人不多，跑堂无所事事，多次跑来问："你们还要点儿什么吗？还要不要添点啤酒？这个调味汁是本酒店特制的，您要不要尝尝？羊肉硬不硬？"诸如此类，令人心烦。据说并不是我们错过了午饭时间，而是这个季节客人较少。

除了我们，其他客人几乎都是老人，老太婆尤其多，她们的皮肤好像涂抹了一层粉。餐厅里的谈笑声如同破旧的收音机喇叭声。"她们一定是来寻找小白脸儿的。"听我这么一说，芬尼表情严肃地回答说："她们是来晒太阳的，不是说晒太阳可以预防感冒吗？"餐厅里明亮刺眼。也可能是没戴太阳镜而凝视海面的缘故，在酒店休息室喝咖啡时，感觉芬尼的表情变了。"这儿的咖啡很好喝。"芬尼说了一句，我点头表示同意。

休息厅里摆着两个国际象棋盘，一对戴着眼镜的年老夫妇正在对弈。老男人喝着威士忌吸着雪茄，老女人的手平放在膝盖上。我喝完咖啡时，芬尼问我："你觉得毒品怎么样？"我回答说："搞音乐的朋友给过我，我吸过几次大麻，用过一次 LSD。"

芬尼在我耳边低声说："我有一点儿可卡因，我们在海边试试吗？"我说："晚上比较方便。"芬尼又低声说："晚上不好，会睡不着的。"结果，我们决定在海边吸食。走出休息室的时候，芬尼笑着说："不过我没上瘾。"游泳池简直就是澡堂，我从没见过那么热的游泳池。

游泳池四周盛开的红花随着海风飞舞，纷纷飘落在水面上。当游泳池没人的时候，有个男人用平网打捞水中的花瓣。男人十分消瘦，穿着一条破烂的短裤，淌着汗水缓慢地打捞着花瓣。芬尼拿来了包着可卡因的铝纸箔，我顺手藏在浴巾里。有两个肤色苍白的女孩在游泳池边奔跑。一只黄嘴红翅黑尾巴的鸟飞来饮水，芬尼告诉过我鸟的名字，但现在我已经忘记了。在温热的游泳池游过泳之后，身体感觉有些疲倦，芬尼又喝了啤酒，我们刚在池边歇息，一个肥胖的法国人走过来说："一起打乒乓球吗？"我和芬尼穿着游泳衣和那个挺着肚子的法国人一起玩了二十分钟。后来又来了一个看上去比我年轻的意大利人。四个人中最厉害的是肥胖的法国人。意大利人越来越兴奋，满身大汗，猛力扣杀。"意大利佬急脾气，意大利佬乱生气，但从来不往心里去。”法国人用鼻子哼唱着这样的歌，于是意大利人越发涨红了脸，不过他一直输球。

年轻的意大利人要借我毛巾擦汗，芬尼突然想起里面有可卡因，赶忙递上自己的毛巾。我们打了三局，离开乒乓球室的时候，肥胖的法国人走上来和我们握手，告诉我们说今天晚上有带乐队伴奏的舞会。连输几局的年轻意大利人心里不悦，只是轻轻挥了一下手。

太阳微微偏西，沙滩上遮阳伞的阴影开始变成椭圆。芬尼在身上涂抹着橄榄油。“你不涂一些要倒霉的，后背会疼得睡不着觉。”芬尼伸过来油亮的手在我的肩上、脖子、腹部以及后背上涂抹了橄榄油，当她的手触摸到大腿内侧时，我不禁颤抖了一下。她微微一笑说“可卡因很快活哟”，便用力按下手掌。我们戴上太阳镜一起走到阳光下。太阳已经偏西，直射在海面上的光束扩展开来。

“你画什么？”

“今天画芬尼。”

“还有呢？”

“全部，所有的都画。还在练习阶段，所以什么都要画。”

“画我的画儿可以送给我吗？”

“画得好就给你。”

芬尼说这里的海不太适合游泳。这里鱼很少，她只看到一条，据说海蜇特别多。昨天，我傍晚来到海边，一群孩子不知从哪里划着小艇出现在眼前，向我推销贝壳和珊瑚。这里是酒店客人专用的沙滩，当地人不能使用。在酒店的门口有警卫把守，如果要做生意，必须划着小艇从海岸边上来。那种贝壳是白色的，略带淡红色的奇异花纹，硕大而且十分美丽。不过我没有买。孩子们似乎无论如何都要做成这笔生意，最后将价格降到最初的十分之一。他们缠住我不走，我提出用油彩和他们交换，于是他们一哄而散。我后悔应该买下送给芬尼作礼物。

“在这里躺着晒太阳，会想起一个梦。”

芬尼说着扭过身将嘴唇凑过来。她的脸颊和下巴比我热，只有刚刚涂过口红的嘴唇凉爽宜人。

“我会梦见狮子，狮子在睡午觉，就像我们现在这样，吃饱了不想活动，饱餐了一顿大斑羚的嫩肉，十分困乏，做了这样一个梦。”

船在远方航行，形状模糊不清，从速度上判断应该是船，距这里相当遥远，那似乎是一艘巨轮，大概是驶向彼岸。

“那只狮子很像你，其他的动物都饿着肚子，猴子啦、长颈鹿啦、斑马什么的都在周围转悠，狮子毫不理睬，那是因为它吃饱了，觉得其他动物很烦人，就像你现在一样，你的脸庞很像狮子。”

“芬尼，你看得见远处有个黑点儿吗？那是什么？刚才我一直在想那是船。”

芬尼抬起涂满橄榄油闪闪发光的脸，眯着眼睛眺望着大海的远方。

“大概是捕鲸船吧。”

船驶向黑色的海岸线。

“那条船一定载着没有加工的鲸鱼，大概是从远方捕鱼归来。不过也可能不是鲸鱼，是更大的鱼，会不会是为狂欢节准备的？如果是一般的鱼，应该在船上加工，你看船驶向黑线左端的港口了，人们一定在等待渔船进港。那不是鲸鱼，是十分罕见的、狂欢节必不可少的巨大的海鱼，这几年都没有捕捞到。城里的人们十分兴奋，孩子们正在用绢花和鼓花缎以及锦旗装饰整条街道，他们奔向渔港，人们也放下手中的花饰聚集来看鱼，整个城镇都在等待那艘船，我觉得好像是那样的情景。”渔船放慢了速度。

船驶进港口，穿过围绕港口的防护堤。当船出现在湾内时，城中响起了汽笛。汽笛声响彻全城，除了聋子以外，所有的人都听得到。

山顶上的垃圾站工人以及三个拾桃子的少年，发情交尾的狗和几万只乌鸦，在厨房炖鸡的女人们，在贯通城市的大道上用绢花、鼓花缎和锦旗装扮树木的孩子们随着汽笛声一齐放下手中的活儿奔向港口。在公园的红砖楼里，赤身裸体不断喘息的女人听到汽笛时惊呆在那里。

上校听到尖叫的汽笛声便离开女人，关上窗户。他在窗边驻足片刻，女人仍然躺在白熊地毯上，他低声嘟哝道："该是卫兵换岗的时间了，你打招呼的那个卫兵要回去了。"在绿荫幽静的公园，年轻的卫兵并没有因狂欢节的到来而心情愉快。汽笛声被树木遮住了，没让卫兵感到吃惊。换岗之后，他回到营房，和站岗时一样面无表情。同伴们飞快地开关着衣柜门，谈笑风生。营房虽然狭窄潮湿，而且十分闷热，但狂欢节的热浪也一点点地渗透到这里。一个家伙拍着肥胖的肚子，用刚刚脱下的汗衫擦着腋下的汗水，高声叫喊道："狂欢节有的店优惠，我要去那里找小妞。"他不停地喝着藏在衣柜里的酒，兴奋地嚷着要去嫖娼。

他喊着说："我早就瞄上了一个小妞，平时很贵，只能瞟上几眼，不过听说那妞自己也喜欢狂欢节，所以狂欢节期间价钱便宜，你们也听说过吧？那个女人的腰这么细，就像小孩读的连环画里的女人腰一样，不撒谎，这样一把就可以搂住。"

那家伙挥舞着酒瓶，解开的腰带哗哗作响，用双手围成一个圆圈给周围人看。"腰这么细。"

年轻的卫兵不太和同事交往，年龄差别并不大，只是觉得话不投机。周围的人都很好，特别是现在在右边换衣服的那个眼睛有些突出的瘦家伙对自己很热情，卫兵总觉得和周围人亲近很麻烦，天生的性格，小的时候就这样。他不是那种喜欢出头露面的人，如果有人找他诉说心事，他会觉得很困惑，一言不发。他并不沉默寡言，只是不会轻易吐露自己的往事。他不太爱喝酒，只是喜欢钓鱼，每个月都要带刚五岁的儿子出海两三次。钓鱼竿并不是他自己买的，他妻子见他每到周末都闷在家无所事事，便买来作为生日礼物送给他。

上个周末，他带着妻子孩子三个人一起出海。船没走多远，妻子便开始晕船，直到傍晚返回时一直躺在船舱里。儿子十分担心地问："妈，是不是没意思？"妻子才一上岸就精神十足了，吃着中午剩下的三明治，笑着回答说："很好玩。"卫兵觉得那时妻子的确很开心。即使在海浪中摇荡时感觉不舒服，但回想起来仍然很愉快。妻子从前不大外出游玩，她是在一个严谨刻板的公务员家庭中长大的，受过良好的家庭和学校教育。不过，她的父亲业余时间全花在种植玫瑰花上，几乎从来不带家人外出旅游，所以卫兵相信妻子的话是出自真心的。

藏蓝的制服，上衣带着肩章，细长而沉重的钢枪装着子弹，柔软舒适的长统靴，刻着三支枪交叉图案徽章的军帽，卫兵慢慢地将换下的衣帽放入衣柜里。每当将换下的军装放进散发着汗臭的衣柜时，他都有一种奇妙的伤感。这是他最近察觉到的。他穿上略微皱褶的茶色西装时觉得有些别扭。口袋边留着五岁儿子撒上的肉汤的污渍，看到它就觉得心情郁闷。今天早上，当他抱起儿子的时候，孩子很自然地将脸凑近了他，由于担心迟到，他匆匆地离开了家。他非常喜爱儿子，并不十分中意卫兵这个职业。卫兵荷枪实弹面无表情站在门前，持枪的臂膀渐渐地麻木，当他忍耐着这种痛苦时，就觉得自己慢慢地融入了公园的绿茵之中。但他能够冷静地看待这一切。

回到家里儿子扔下玩具扑到他怀里，坐上他膝盖的时候，卫兵会感到一种莫名的不安。不，似乎并不是不安，而是一种压抑，目睹眼前儿子欢乐的笑脸，他感觉到一种压抑。卫兵想大概是体内有些不适。

其他的同事正在喝酒，其中一个大声喊道："别喝太多！一口气喝光了，要等到下个月才有。"年轻的卫兵看到那个眼泡浮肿、身材消瘦的同事没有一起喝酒，不由心中踏实了许多。他离开营房时，那个家伙光着膀子扭过头说着什么。

大家都在大声喧哗，只听到半句"给你太太……"年轻的卫兵微笑着挥了一下手。

他想：空气湿度较大时，地面和青草也都是湿漉漉的。大概由于狂欢节就要开始了，公园的气氛也和往常不同。现在是一点半，狂欢节四点开始，广场上会鸣炮。学校和政府部门提前下班，孩子以及下了班的人们开始聚集。广场的喷水池旁正在搭建舞台。卫兵心中暗自思索：狂欢节的筹备工作总是这样有条不紊地进行的吗？聚集在周围的人、搭建舞台的工人们、几个工地的监工都如同星期天在公园看报或遛狗的老人一样，显得十分安详。

大概自己已经对狂欢节失去了兴趣，就像是长大成人之后重访儿时住过的地方，那时会因院子出乎意料的狭窄而感到吃惊。两者十分相似。或许是人们的身体下意识地记住了这种喧嚣：狂欢节开始，女人的双眼兴奋异常，手中攥着零花钱的孩子四处奔跑，男人尽情地开怀畅饮，沉浸在各种彩饰和音乐的欢乐节奏之中，找寻在草丛中热吻的对象，烟花和汗水映亮了皮肤，通宵达旦在街头漫步狂欢。于是开始之前，广场上反而显得异常寂静。

卫兵想：自己以前就不热衷于狂欢节或聚餐，参加时总是考虑结束之后的琐事。散会之后要收拾房间，桌上和厨房里堆满了残羹剩饭和肮脏的盘子。要打扫散落着垃圾的街道，还要背负着熟睡的孩子回家。昏暗的房间里比外面闷热，在黑暗中打开电灯，推开窗子，等待妻子泡茶。菜油的气味，潮湿的床铺。他讨厌聚会和狂欢节之后的气氛。不知是从什么时候开始意识到这些的，自己过去肯定有过快乐的时刻。愉快的生日聚会还隐约滞留在记忆中的角落，和记忆中的祖母往事相互重叠着。祖母有一个小牧场，当年在那里吃到过飘散着浓郁香味的牛奶和黄油，散发着太阳气息的面粉做成的生日蛋糕，那是祖母引以自豪的蛋糕。那种美味至今记忆犹新，每当想起祖母，总是最先在舌尖上感觉到蛋糕的甜味，有时甚至想不起祖母的面容。蛋糕在舌尖上缓慢地融化，在舌尖的温热中融化，快感在口中扩散开来。那时，自己并不讨厌聚会，那时自己还身在狂热之中。

卫兵的母亲在他三岁时去世了。祖母在他十四岁时不慎从台阶上跌落，不久命归西天。祖父在他出生时就已经不在人世。父亲还健在，现在退休在家，种花养草，修理家具，静享天年。

父亲从前也是卫兵。从小就听他不断说卫兵是令人骄傲的职业。教养和品德自不待言，容貌也要经过严格挑选，如此经过精心筛选的职业只有高级酒店的女侍和卫兵。他并非受父亲影响才应征入伍的。当了卫兵既没有喜悦，也没有忧郁，一切都是顺理成章，自然而然。

父亲退休时他当了卫兵，那时已经不再喜欢狂欢节了。

有一年他甚至在俯视着广场和绿荫大道的露天咖啡店里远远眺望狂欢节。他读高中时，有一次和几个朋友一边喝橙汁，一边观看花车游行表演和狂欢的舞女。他跟着祖母在广场上购买带气球赠品的点心，在熙熙攘攘的人群中突感头痛，最后还迷了路。

那是较早的时候，其实并不是迷路的缘故，那时他已经清楚地意识到自己讨厌狂欢节。

不过，这些都无所谓了。现在没有必要搞清楚到底是从什么时候开始讨厌狂欢节，其中大概有很多原因。母亲过早去世，从那以后就不记得谁疼爱过自己，自己已经习惯了冷眼旁观世界，父亲也不是那种在狂欢节上撒欢的人，他大概是一个懒汉。讨厌狂欢节的人还有很多。有人不喜欢狂饮跳舞寻欢作乐，而愿意目无表情呆立在那里注视公园的树木，这些都不奇怪。

广场出口附近的长椅上坐着一对青年伴侣。男的是每天早上去卫兵家送牛奶的店员，今天他穿的不是印着商店标志的白色衬衫，而是一件新买的西装上衣。女的穿着红衬衣，别着一个极不相称的紫色胸针。他们只顾聊天，丝毫没有注意到卫兵从眼前经过。

“早上送奶的小伙子，那家伙趁着狂欢节打扮得油头粉面，和女孩子在广场约会。”回去之后一定这么告诉妻子。虽然有狂欢节，但卫兵还是想下个周日再带妻子去钓鱼。

站在自家的门口，看到狭窄的庭院中盛开着几朵黄花，他拔掉了枯黄的叶子。花快凋谢了，他这么想着，随手摘掉了缺乏花香的枝条。花坛没有修整，由此可见父亲的健康不佳。见到天上乌云密布，他没有浇水，这时卫兵察觉到了广场上宁静无声的原因，那是因为广场上没有一丝阴影。

打开房门，见到父亲胡须上涂满肥皂沫，嘴唇上也沾着肥皂，低声说道："你回来啦。"

卫兵脱鞋时闻到一股奶酪味。家里总是散发着什么气味，不知为什么，平时总是有股色拉油味儿，有时是父亲使用的清洁假牙的特殊牙膏的气味，有时是儿子的尿味，还有时是妻子的香水味儿。今天则是奶酪，总之经常有股味儿。那是习惯以后会成为自己身体一部分的各种各样的气味，自己总是回到那些气味之中。

年幼的儿子在旁边的房间里睡觉，妻子正在给他盖毛巾被，看来是刚刚睡着。

"你今天真早啊。"

妻子轻声说道，蹑手蹑脚地关上了门。

"今天是狂欢节，过节可以提前下班。"

"我们那时不行，过节也要和往常一样一直站岗。"

父亲擦着脸回到了房间。

"现在可以提前回去。"

妻子又去看了一眼孩子，随手递给公公一条毛巾，他脸上沾着肥皂。

"我用一下你的雪花膏行吗？"

父亲用手搓着脸，点上香烟，和卫兵商量道。

“爸，我最近有点喉咙痛，抽烟时打开窗子好吗？我闻到烟味儿会咳嗽。”

卫兵将雪花膏递给父亲，自己打开了窗。去年以前，这里还可以看到城里的风景，他还经常指着自己站岗的那座红砖楼给儿子看，现在窗前被新建的房子遮住了，什么也看不见。眼前只有那幢房子的白墙。

“雪花膏剩得不多了，用了没事吗？”

“没事。”

“你也要刮胡子，还是给你留下一点儿吧，要不要？”

“您全用了也没事。”

“你有新的吗？”

“我不刮胡子。”

“你不喜欢这种雪花膏吗？很香啊，不用雪花膏对皮肤不好。”

“今天不刮了，明天买新的。”

“明天商店不开门，节后商店都休息。今天过节，你最好刮一下脸，我给你留一点儿，你也刮一下吧。”

“你不觉得爸刮脸是件新鲜事吗？是我劝他的。爸，雪花膏我也有，您全用了吧。”

“你是女人用的雪花膏吧？”

“男的也可以用，皮肤都一样的。”

卫兵每当听到狂欢节这个字眼就感到心情沉重。他看着早上没读过的报纸，报纸左端已经浸湿。驯狗的男人杀死了上司，原因是上司骂他比狗笨。大概他真是那么想的。

有三条离家出走的消息，都是擅开家里的汽车引起了交通事故。报道中没有详细说明完全不会驾驶的女孩如何发动了汽车。法国的电影女演员和一个比她小十四岁的导演结婚了，这是她第四次结婚。北方发生了大火，没有人员伤亡，因为那里的行政管理完善，避难通道完备。一个被鸡奸的男人复仇，将对方锁在自家的桑拿浴室里闷死，报道中没有详细介绍死者的容貌，一直闷在蒸汽之中，死尸会成为什么样子？

“我记得你从前做过一套黑衣服，你说颜色太素，不愿意穿，送给爸爸怎样？我觉得会很合身，你俩体型很相似，你回来前我们一直在商量，就让爸穿那件衣服吧。”

“不，我不要。我有衣服，没问题。”

“爸，你不是说就穿那件黑衣服吗？都比试过了。你看怎么样？真的很合身。”

“不了，我穿自己的衣服，我有，真的有。”

“爸，别客气。你听呀，爸说要穿从前的军装去。”

北方的火灾好像是有人故意放火。水果店营业直到深夜，店主曾在附近见到一个陌生女人。她提着一个大皮包，一直在火灾现场附近徘徊。

“您就穿我的吧，肯定合适。一点儿也没走形，军装不好，您那时的军装和现在不一样了，不太好。”

“不，我觉得从前的那种军装好，你们现在的军装颜色太浅，是蓝色的吧？从前的颜色深，很帅。”

年轻的卫兵对父亲笑了一下。父亲低着头，在脸上涂着雪花膏。脚上的拖鞋已经破烂，露出了茶色的硬纸内衬，长着斑点的瘦弱的脚从拖鞋中显露出来。

“不难看吗？”

“合适，她很会看，她说合身就绝对没问题。”

“不过，那是你们结婚时定做的吧？你们做一套衣服很不容易。”

“没关系，爸，他嫌颜色太素，没穿过几次。”

父亲将雪花膏的瓶子递还给卫兵。雪花膏的香味儿掠过鼻子。“哎哟，爸的脸闪闪发光。”妻子的围裙渗出奶酪的气味，父亲递过来的瓶子十分湿滑，剩下的少许雪花膏留在瓶子一角。年轻的卫兵将瓶子扔进了垃圾桶。

“唉，我特意剩了一点儿。”

“没关系，爸，我不刮脸。”

“刮一下好，也许你会见到大家。”

卫兵叫了一声妻子，她正在厨房里洗碗。

“喂，今天你们自己去怎么样?”

“你呢?”

“你哪儿不舒服吗?”

“不，身体没事儿，只是……”

“明白了，那我不借你的衣服了，我穿军装去。你穿那套黑衣服，这样就行吧?”

“不是，不是因为衣服。”

“我懂了，那我就不去了。我不去，你们三人去吧。我的脚有点儿疼，真的很疼，我留下看家。你一定要去，她从早上就盼着出门，说了好几遍，想要去看马戏。我不去了，你穿上那套衣服带她去吧，她一直在等着看马戏呢。”

卫兵暗自寻思：惹麻烦了，一会儿妻子又要数落了。你总是提醒别人，你自己应该最了解爸爸的性格。怎么说才能让父亲消气呢？父亲又点燃了一支香烟，用手不断抚摸着脸颊和脖子，寻找着没有刮干净的胡子。年轻的卫兵找不到话题能打开目前的僵局。今天站岗只到中午，并不很疲劳。他不停地寻找着安慰父亲的话，但又觉得很麻烦。平时自己不是这样，对此妻子最清楚。不过她非要去参加狂欢节吗？现在，他胡乱地思考着父亲的声调和从前不同的原因。父亲从前声音洪亮，记得在祖母的怀抱中见过父亲喊口令。父亲很少在众人面前喊口令。

一年两度招收新兵时，要训练新兵持枪的姿势、警卫的顺序、踏步的方法等等。因此，父亲每年都要喊两次口令，而且只有晴天才能看到训练。

雨天在室内训练，所以看不到。记得新兵受训的时候，父亲总是担心天气。不过，即使是下雨天，祖母也会背着他，右手撑伞，穿过公园走到红砖楼那里去。高呼口令时父亲的嗓音非常洪亮，可现在已经嘶哑了。

妻子有一天晚上说，可能是因为三年前患上的风湿病所致。听邻居说，风湿性心脏病可以造成嗓音嘶哑，那时卫兵对妻子说，那是因为从前口令喊得太多了。父亲现在正等他解释。他想：不如干脆下命令好了。如果喊一声你们自己去吧，问题就全解决了。

“爸，马戏团要来吗？孩子那么说了吗？”

“怎么，你不知道吗？我今天看到海报了。从前是在电影院，现在改成集会厅的地方不是有一块广告栏吗？那里贴着海报，今天带孩子去散步，走得稍微远一点，于是他很高兴，双眼闪闪发亮，问我这是什么？他一定没看过。”

“说起来，已经有几年没来表演了。”

“上次来时是什么时候？”

“爸，那张海报是今年的吗？那里有时贴着旧海报。”

“乱弹琴！上星期没有海报，上星期贴的是，啊，是关于注射狂犬病预防针的，你不从那里经过，我每天都带孙子散步。”

“是吗？马戏团要来呀？”

“小时候带你一起去看过马戏，还记得吗？”

“是呀，那时为什么奶奶没有一起去？生病了吗？”

“小姑死了吧，正是那时候。”

“爸，您去换上那套黑衣服吧。孩子刚刚睡着，我去叫醒他吧，早点去占个好位置。”

门铃响了，妻子解下肮脏的围裙，站起身来说：“我去看一下，你叫醒孩子。”

门外站着一个男人，一个陌生的男人。戴着一副深度近视镜，头发蓬乱，穿着一件破旧的西装，系着一条布满皱纹的红领带。

“你找我家先生吗？我叫他来。”

“不，太太，不是。”

“不是找我先生吗？”

“是啊，我是在这附近经营木材的。”

见到卫兵的妻子满脸狐疑，男人左顾右盼，转身喊了一声女孩儿的名字。“快点儿过来，干什么呢？随便乱跑，爸爸要着急啦。对你说过多少次了，一定要跟在爸爸身边。”

“您好，阿姨，我胳膊断了。”

好像是个还没上学的小女孩，突然说出这么一句。她是一个大眼睛长相可爱的女孩。

“太太，你看一下，这是我的孩子，我经营一个木材加工厂，她总是喜欢在工厂里玩。我给她准备了自己的房间，但她从小就说喜欢木材的气味，我一直讲木材厂里很危险，到处都是机器，有一次，这个女孩站在一块大柳安木上玩，我妈就在旁边，不过，我妈眼睛不好，没有看见。”

卫兵的妻子觉得有些害怕，便说手头有活儿，顺手想关上门，大眼睛的女孩拉住了她的裙角，而且挽起左边的袖口给她看。“阿姨，你看我胳膊断了。”肘上部的肉如同重叠在一起的橡皮筋一样翻卷着。“我没有资格做她的父亲，每当看到这个孩子的伤疤都感到十分内疚，我的车间里有一台这么大的电锯，这个孩子被卷进了电锯。”

“我想拿纸飞机。”

“您瞧，就这样，胳膊断了，车间里乱成一团，我妈当场就昏倒了。我们赶紧去了医院，大夫让我们立即转院去另一家大医院。到了那家大医院，大夫说流血过多，已经没救了。”

“可是，阿姨，接上了。”

“是啊，非常凑巧，那家医院里有一个人，还很年轻，眼睛透明晶亮，总是面带微笑，我想那个人是神仙，对了，听说他曾在远方的高山上修行过，据说那是长年积雪的高山，因此，患上了胸腔疾病。正好那时他在医院，见到这个孩子的胳膊，他猛然拉住要去手术室的担架，护士见到后拼命地呼叫，我也惊慌失措。那人大叫快去拿来胳膊，拿来这个孩子的断胳膊，他声音震得整个医院都发颤。没想到孩子的胳膊还在车间里，于是我跑回去，拣回了沾着锯末的胳膊。”

“阿姨，就是这只。”

女孩伸出左臂，露出如同橡皮筋翻卷着一般的伤疤。

“那个年轻人运了一下气，将断肢按在伤口上，于是胳膊接上了，没错，开始我也不相信，不过您瞧，这孩子的胳膊就是最好的见证。”

“太太，我这里有那个年轻人写的书。”

啊，原来如此。妻子又说了一句“我眼下正忙”就要关门，男人慌忙将头挤进门缝，改换了口气说道：“太太，太太，人不知会遇到什么事。”卫兵的妻子连声道歉，紧紧地关上了房门。大眼睛的女孩在门外高声叫道：“阿姨，胳膊会断呀，阿姨胳膊也会断呀。”

“什么事，怎么了，是谁呀?”

“好像是什么传教团体，很讨厌，缠着人不放。”

“时间怎么这么久，你叫我一声不就完了吗？记住别上当。”

卫兵的父亲穿上了黑色的西装。

“我还行，没有忘记系领带的方法。”

说完话，他脸上浮现出愉快的笑容。

五岁的儿子刚睡着便被叫醒，一脸不高兴的样子。他揉着眼睛，等大人给他穿上裤子，一听说要去看马戏，立即提起了精神。

“有大象吗？”

“大象？当然有，马戏表演嘛。”

“那张画儿上画着的，真有大象吗？”

“肯定有，大象会干什么呢？一定是倒立吧。”

“还会表演那个呢，前腿着地鞠躬，过椅子桥什么的。”

“真的？大象吗？”

“是啊，有大象表演。”

“表演倒立吗？”

“表演，它们要花很长时间练习，其他的象不会。”

“是从前在书上看到的大象吗？是那种吗？”

“那是动物园里的大象，不会表演。”

“只有马戏团的大象会吗？”

“是的，它们要练习。”

“真棒啊，大象很大，马戏团的大象可以倒立，不过爸爸会撒谎。”

“什么？撒谎？”

“是呀。”

“为什么？上次不是带着妈一起去了吗？你妈也一起去钓鱼了。”

“不是那次，旁边的婆婆这么坐着，我说是要撒尿，但爸爸说不是，其实是在撒尿，我问了那个婆婆，她说是在撒尿。”

年轻的卫兵、父亲以及妻子互相看了一眼，并不是因为对孩子撒了谎，而是因为儿子刚刚所说的邻居老太婆是一个疯子。虽然不能肯定，但听说她患有梅毒。

“只是这些吗？其他没有讲什么吗？只是说话，你没有摸她的手什么的吗？她什么都没干吗？”

妻子十分亢奋。

“你停一停，孩子吓坏了，你在哪儿见到的那个婆婆，是在旁边的家里吗？”

“在外面。”

“外面是哪里？哪儿的外面？”

“那里，那个房子的前面。”

“不像话，我去问问他们，开什么玩笑！上次不是讲好了绝对不让她出门吗？这绝对不行，我去和他们评理。”

“啊呀，爸，现在说什么都没有用，明天我去吧。”

关于那个老太婆的问题，三天前附近的邻居们商量决定，先通知卫生所，将她收容到福利院，在此之前，要把她关在房间里，不让她在外面乱跑。老太婆家在这家当街的斜对面，卫兵和卫生所的工作人员一起去那家通知她的家里人。家里有一个看上去三十多岁的女儿，交谈了一会儿之后，卫兵怀疑那个女儿也有精神病，她穿着一件已经脏成灰色的婚纱，十分破旧，但还是可以看出那是婚纱。她不断地说今天举行婚礼，有事情明天再讲。于是，他和卫生所的人对她反复讲不要让老太婆外出，她也答应了。回来时，卫兵和卫生所的年轻人谈道："到底是谁的婚礼呢？穿着那种婚纱，难道会是真的吗？不过你发现了没有？地上那些是酒瓶吧？大概有上百瓶吧。而且整个房间飘着一股臭味，那是什么味道？好像是汗臭，还好像是什么东西腐烂的气味。"

卫兵认为如果对自身没有影响，邻居里住着疯子也无所谓。但如果疯子要接近小孩子，那就是另外一回事了。

"算了，马戏就要开始了。爸，明天我再去一次，和卫生所的人也要打声招呼。"

父亲摆弄了一下领带，点了一下头。

"啊，对了。"儿子在沙发上跳着喊道。

"对了，我想起来了。那个婆婆有毛病，脑子是不是有点怪？我想她有毛病，她喊着有飞机，吓得乱跑，一边撒着尿，尿不停地流下来，很脏，我以后不会再靠近那个老婆婆了。她看着天空乱喊，很大声，还用手指着，就像这样用手指着，什么都没有，哪儿都没有飞机在飞，可是她一直喊：飞机，飞机，嗡嗡嗡，嗡嗡嗡。”

马戏场内散发着一股动物排泄物的气味，不过年轻的卫兵苦笑了一下，这也可能是因为自己对于气味过于敏感的缘故。大概是来得太早，卫兵一家落坐在第一排。本来无论多早，马戏场总会排着长龙，绝不可能坐在最前排，不过今天好像有些特别，随着汽笛声鸣响，人们似乎都奔向港口去了。人们议论的话题也是刚刚打捞到的巨大的海鱼。这里的小马戏团输给了那条海鱼。人们在这里等着下一个节目开演，实际上可能去看鱼更有意思。

很早以前，卫兵曾和父亲一起去看从寒冷国度来巡回演出的马戏，与那个豪华的马戏相比，眼前的马戏团的动物种类以及节目的水平、演员服装、帷幕和各种小道具，所有的方面都显得很寒酸。年轻的卫兵提起以前看到的从寒冷国度来的马戏团的名字，和父亲对视了一下，深深叹了口气。

“真是世上的所有一切都变得破败简陋了。”

举例来说，狮子没有钻过火环，原因是训练不足，而且撞翻了火环下面的台子，差点引起火灾。

这时场内响起了起哄声和哄笑声。在场的观众都认为港口会人山人海、拥挤不堪，所以特意选择比较安静的马戏表演，按理说这里的人们应该都很老实，但那时仍然有些骚动。年幼的儿子说不应该让动物去钻燃烧的火环，为狮子辩护，这让妻子十分高兴。

卫兵觉得马戏团的表演缺乏激情。他很早以前就喜欢看马戏，看马戏不累，马戏表演的热情只是局限于帐篷之中，人们只需坐在指定的位置上，尽情欣赏着迎面扑来的狂热激情和紧张气氛。

这个马戏缺乏光彩，只有潮湿和闷热的感觉。

“那些人是宇宙人吗？”

尽管如此，儿子还是相当快乐，有时还不断提问。

“他们的皮肤很白。”

“那个呀，是因为他们身上涂了白粉。”

“我在书上读过，宇宙人都穿那样的衣服，闪闪发光的，你看他们的衣服都在闪光。”

“也许是宇宙人，真的。”

“爸爸也这么想吗？”

“不过，宇宙人一般都在天上飞呀。”

说到这儿，卫兵突然想起了那个疯老太婆，感觉有些沮丧。

不过，和儿子的交谈倒是感觉十分愉快。

“真是什么都有，好像百货公司一样，好像百货公司卖玩具的地方一样。”

父亲不断地用手摆弄着领带，大概是觉得热，他脱掉了上衣，脸上渗出了汗水，妻子递过去一块手帕。

“我记得，是不是有一种摩托车这样不停地在铁笼里转圈的节目？那个节目好像没有了，那些节目不流行了，连这些也和从前不同了。”

“爸，好像哪儿有音乐声？是帐篷顶上吗？”

“音乐？”

“有没有刚才在广场上的人群，他们跑到上面去了吗？是电唱机吧？”

“还记得吗？你小时候去看的那个，在舞台旁边有一个大乐队。”

“那里只有一个人，可能是雇乐队太花钱。”

五岁的儿子说是宇宙人的其实是空中秋千的演员表演飞跃和撒手的特技时，有一个人在击打铙钹。

那是个身穿燕尾服、头戴大礼帽的司仪。不过他击打的铙钹声和场内的音乐不合拍，场内的紧张气氛也因此锐减。本来，这时应该用悠长的逐渐加强的鼓声烘托气氛，在最精彩的场面击打铙钹，以此激发观众的热情。但那男人击打的铙钹却只是刺耳的噪声。

观众席上仅坐了一半的人。在只铺着破旧薄布的观众席上，不看表演而是热衷于拥抱亲吻的男女以及喝醉的男人们十分显眼。其中一个醉汉在狮子表演失败的时候，将威士忌酒瓶投向场内。于是表演一度中断，戴大礼帽的司仪连声道歉并维持秩序。可是，现在场内的音乐和高空秋千的表演不合拍，男演员做出用手抚摸女演员的臀部等下流动作，以此挑逗观众。卫兵想这种水平的表演被人起哄投掷东西也是情有可原的。

“不过还是马戏好看，感觉很好，不知为什么，你们不觉得吗?”

“是啊，我也这么想，感觉很好。”

“我不这么认为，从前，我爸和我讲过，马戏团会诱拐儿童，强迫他们喝醋使他们身体柔软。动物也一样，十分可怜，咱家儿子也说过，刚才狮子表演时，我觉得狮子生下来并不是为了表演钻火环，它们应该生活在大草原。”

“唉，没有大象呀。”

“我也不是生下来就应该做现在的工作，那头狮子也一样，都是经过多次训练才习惯的。”

“爸爸，我想看大象。”

“不过，你的工作和狮子钻火环应该有些不同，完全不同。”

“所以说习惯成自然。”

“妈，妈，大象呢?”

“不对，钻火环不是能自然成习惯的，我也经历过几次那样的场合，那种场面不能自然成习惯的。”

“妈，妈，为什么没有大象呢?”

“喂，儿子，你看猴子，猴子在踢皮球呢，很棒吧?”

“你骗人，上次那个婆婆的坟地和这里的笼子里都有很多猴子。”

“儿子，你仔细看，这儿的猴子和那里的不同，屁股周围的毛儿都是黑的。”

“那不是猴子吧。”

“他想看大象，对吧?”

“和爷爷一起看到的画儿里有大象。”

卫兵想：这种水平的马戏团，也许没有大象表演。

那是海报，广告总是有些夸大。孩子又会认为自己在撒谎。

“喂，外面有动物笼子吧，那里面有大象吗?”

“我没太注意。”

“我记得没有。”

“你们都是傻瓜，大象怎么会关在笼子里？大象很大，笼子里放不下，而且大象老实，不需要笼子，只要用铁链拴住象腿就足够了。”

“不是说过大象会倒立吗?”

环视四周，感觉客人减少了。本来人就不多，准确数字搞不清楚。高空荡秋千的表演结束了。

掌声稀落，卫兵一家只有妻子鼓了掌。

三个穿着泳装，裸露着四肢的女演员开始表演踩球杂技。红白相间的球不知是用什么做的，表面很脏。

其中两个站在球上互相投掷保龄球棒，另外一个略微肥胖的躺在一块倾斜的木板上，小丑将一只玉球放在她的脚上，那个球好像相当重。

有几个人正走向出口，卫兵想客人真是在减少。

有人抬来了一个奥运会发奖用的那种台子，一个瘦小的女演员从玉球上跳下来，登上了台子。从帐篷顶上的喇叭里传出的音乐停止了。场内突然安静了下来，人的说话声显得十分刺耳。

瘦小的女演员好像要从台上跳到那个稍胖的女演员脚上转动的球上。

狮子表演失败之后，场内终于又安静下来。全场鸦雀无声，连后排的孩子吃爆米花的声音都听得一清二楚。球在女人的脚上无声地旋转着。正在热吻的那对年轻男女也将目光转向舞台。

舞台上，女演员正在等待跳跃的时机。头戴大礼帽的司仪也准备击打铙钹，球的转动不断加快，已经分不清红白条的界限。

五岁的儿子也似乎暂时忘记了大象。

铙钹敲响了，女演员飞跳上去，下面的女演员用脚轻轻地转动着彩球。随着她转动的节奏，上面的瘦小女人像芭蕾舞演员那样不停地移动着脚尖。

“这一定比看上去要难。”

“那一定是姐妹俩，两人要配合默契，所以一定是两姐妹。”

说着，卫兵的父亲站起身来热烈鼓掌，随之掌声扩散到整个会场。司仪大概是出于兴奋，猛烈地击打铙钹以回应会场上的首次掌声。

“儿子，有意思吧？跳上那么快速转动的球难度很大的。”

“为什么大家都鼓掌？刚才不都没鼓掌吗？”

“跳上那么快速转动的球上面难度很大的，妈妈和爸爸都不会，即使球不转也跳不上去。”

“大象也会站在球上面，画儿上画着呢，大象站在那种球上面。”

女演员从彩球上跳了下来，热烈的掌声又一次席卷全场。卫兵的父亲没注意到五岁的孙子并未受到感动。第二次掌声也是父亲带头发起的，他的掌声还是最响亮。几个身穿表面缝着闪亮彩条的白色服装、身材矮小的女演员从三个方向朝观众致意，然后注视着卫兵一家的方向，好像知道是卫兵父亲带头鼓掌似的。躺在下面旋转彩球的稍胖的女演员从小丑手上接过一根棒，走近卫兵一家。

棒是透明的，棒尖有一个小环，环上卷着金色的绒穗，卫兵感觉心脏在扑通乱跳。稍胖的女艺人向父亲略微点头之后，将手中的透明棒递给了五岁的儿子。

“小朋友，这个送给你，这是魔棒，要当好孩子，如果听爸爸妈妈的话，这个棒就会听小朋友使唤，如果是坏孩子，这个棒就会生气。”

儿子刚刚接过棒便吓哭了。卫兵立即明白了原委，女艺人满身刺鼻的香水味，满脸皱纹，近距离一瞥就知道年事已高，不仅是脸，手脚、脖子和肩膀都涂满了白粉。不过儿子吓哭的原因并不是这些，从远处看她好像握着拳头一般的右手实际上没有手指，也没有戴手套。

她的手好像香肠的顶端系了一个微小的肉结一样。

“哎哟，小宝贝儿，怎么了？谢谢我了吗？这是漂亮的彩棒哟，谢谢我了吗？”

女艺人又一次对卫兵一家点了一下头，向场内挥着左手回去了。

“哭可不对呀，为什么不说谢谢？你看多漂亮的棒。”

“一定是吓着了。”

儿子的哭声没有停止，身穿白色闪光衣服的女人们随着掌声从舞台上消失时，父亲站起身来，看了一眼正在哭泣的五岁的孙子。

父亲说："我去一下外面。"

"您去外面干什么？"

卫兵对于父亲这个突然的举动不知该说些什么。

"没什么，只是出去一下。"

"您等一下，要上厕所不用出去，入口的地方就有厕所。"

"不，我想在外面透透气。"

妻子显得十分担心。

"您哪儿不舒服吗？"

"不是，不用担心，我马上就回来。"

"您稍微等一下，再过一会儿我们也出去，您不能再等一会儿吗？"

"不用，你们在这儿呆着。我不是说了不用担心吗？我马上就回来。"

小丑正在骑自行车。那是一种前轮比后轮大几倍的巨大的自行车，独轮车，方轮胎的车，小丑多次从车上摔下来跌倒。

五岁的儿子手上拿着透明的棒仔细端详。小儿子突然察觉到，三个隔着几个座位坐在右边的孩子一直盯着这根棒，然后手指舞台上的小丑咧开嘴微笑。

“你出去看看爸怎么了?”

“啊，是应该去看一下。”

“快去呀，我有点儿担心。”

“不过他说了马上回来，这小家伙也想看到完。”

“外面好像人特别多，听说要去看鱼的人挤得水泄不通。”

一个男人肩上扛着一个女演员，脚踩独轮车在舞台上旋转。观众明显减少了。可能是去看鱼，三三两两的人群走向出口。

父亲一直没有回来，不知在干什么，他有时会这样。晚饭之前突然说要去散步，偶尔一家四口外出买东西时，他突然说要去扫墓，总是一个人单独行动。

不过，今天是狂欢节，城里十分拥挤。父亲腿脚不好，在人群中不会走得很远。

“爸爸，你看，蛇!”

那是一种只有大人手指粗细的小蛇。女艺人两只胳膊上各缠两条，脖子上挂一条，她比踩球的女演员还要矮小，长得像个孩子，脸上涂着浓妆像演戏一般。她身上缠着蛇，手握几根蜡烛，让融化的蜡滴在舌头上。大概因为她是扁平的椭圆脸，所以舌头显得细长，上面落下了很多白色的蜡。

“好吧，我去找一下。”

“别了，大家一块儿出去吧，你别再走丢了。”

“是啊，那走吧。喂，走啦。”

年幼的儿子耍赖不想走，说是蛇会表演什么节目，要看完。

“蛇什么都不会演的。”

“你瞧，大家都走了，记得刚才给你棒的那个人说的话吗？如果不听话，这个棒会生气的……”

“快找爷爷去。”

妻子刚说到这个棒会生气的，五岁儿子的脸色立刻变了。

“傻瓜，你怎么能这样对孩子说话？”

“我听话。”

“你瞧，那条蛇就是那样光缠在人的身上，什么都不会干，只是一个摆设。哦，对了，还能去看鱼，咱们出去看鱼去吧。”

过道十分拥挤。通向出口的路只有一条，而且十分狭窄，人们都想尽快走出去看海鱼。

从昏暗的通道回头眺望明亮的舞台，发现头戴大礼帽的司仪仍旧摆出准备敲打铙钹的架势，胳膊上缠着花蛇的女演员猛然吐出舌头上的白蜡，独轮车在舞台上飞旋，小丑在台上翻滚，流出的汗水在他脸上的白粉中划出几条斑痕，烟云缭绕的看台上，年轻伴侣在狂热地亲吻着对方。

潮湿的过道被打翻的酒和水浸湿了，卫兵一家小心翼翼地摸索前进，以免弄脏了鞋子。一个水洼上漂浮着丢弃的烟头，卫兵抱着五岁的儿子吃力地绕过水洼，感觉汗水流过了腋下。

“出去就不能再进来了。”妻子在出口附近回头看着舞台说道。

于是，儿子突然在卫兵的耳边大声喊道：“不好，我忘记东西了。”话音中带着哭腔。

“我把彩棒忘了，忘在椅子上了。”

“你真笨！人这么多回不去了，外面店里有卖的，回头给你买一个。”

他们刚刚停下，便被后面涌来的人冲撞了后背，过道很泥泞，差点儿摔倒。妻子见到儿子眼眶里含着的泪水，便将提包交给卫兵，自己沿原路折回。

卫兵右手抱着儿子，左手拿着妻子的提包和西装上衣，连汗水也不能擦拭。他站在烟雾混浊的潮湿的空气中，克制着内心的烦躁情绪。

从出口望去，场外更加嘈杂。刚刚看完马戏表演的人群不断汇入涌向港口的人流中。卫兵见状决定留在场内等待妻子。

“真不错，你们是不是去看鱼？好像鱼很大，听说是绿色的，妈的，我也想去看一眼。”

卫兵为了给别人让路，身体紧贴在通道的墙壁上，坐在出口处的椅子上检票的男人对他说道。男人只用半个屁股歪坐在快要散架的椅子上，喝着啤酒。

“您见到一个六十多岁的，穿黑西服的老人从这里过去吗？”

男人将喝光的啤酒罐随手扔在卫兵的脚下。

“什么？你说什么？”

“有没有一个六十多岁的老人从这里经过？”

“老头儿？老头儿不知道。我不太注意看老头儿，没见到什么老头儿。”

卫兵的妻子从昏暗的过道返回座位时，头戴大礼帽的司仪已经敲响了铙钹。女演员站在脚踩独轮车的肌肉健壮的男人肩上，正在表演倒立。

她回到最前排的原来的座位时，两个男人半躺在那里。他们脚踏在舞台和看台之间排列的箱子上，轮流抿着瓶中的威士忌。其中一个头戴鸭舌帽，帽子中间裂开，露出了头发，那个男人将卫兵儿子的透明彩棒夹在两腿中间。

“对不起，那个棒儿是我们忘在这儿的。”

卫兵妻子的声音有些颤抖，她不知道如何同这类男人打交道。如果显得十分怯懦，这种人相反会故意找麻烦。

“有事儿吗，大姐？”

“那个棒儿是我们忘在这儿的，麻烦你还给我们好吗？”

“你在说什么呆话？”

另外一个男人叫道，他已经喝得满脸通红，前面缺少两颗门牙。

“我说的是那个彩棒儿。”

“棒子怎么了?”

“那是我儿子的，请你还给我们。”

两个男人突然抱成一团，高声大笑。他们裂开大嘴互相拍打着对方的肩头，在座位上打滚。

“喂，你听到了没有?还给我棒儿，她要棒子。”

“请你还给我们，求你了。”

缺少门牙的男人从漏洞中喷出大口的唾沫，笑弯了腰。“她要我还这个，这个棒是长在身上的。喂，这个大姐在说什么笑话。”卫兵的妻子感觉一股热流冲上头顶，她觉得和醉鬼们说什么也分辩不清，不如自己动手取回，便一声不吭地伸手去抓彩棒，但戴鸭舌帽的男人趁势抓住了她的手。

“怎么样?小眯缝眼大姐，坐这儿陪我们一下，来，喝一杯。”

男人的手沾满了汗水。他的眼睛浑浊而且布满血丝。“谁帮我一下，有没有维持秩序的?”

“你真是小眯缝眼啊。”

环视四周，只有零星的观众，而且都是醉汉和拥抱在一起的情侣。在舞台上打滚的小丑一瞬间看了这里一眼，但没有任何反应。瘦弱的女演员在蹦床上翻跟头失手，吐了一下舌头，一个侏儒倒立在一辆微型自行车上，用手摇动着脚踏板，头戴大礼帽的司仪疯狂地敲打着铙钹。卫兵妻子心想：丈夫说得对，这里真是散发着一股动物屎尿的臭味。她对那个头戴鸭舌帽、紧抓住她胳膊不放的男人怒目而视。

“我要喊人了。”

“你坐下。”

“你还我那个棒儿，不然我要喊人了。”

“你喊吧，随便喊啊，大声喊！”

男人的手越抓越紧，卫兵妻子的眉头也越皱越紧。

“你放开手！”

“你坐下我就放手，怎么样？还给你，这是你孩子的棒，对不？你只要稍微坐一下，不就马上可以拿回去吗？孩子不是在等你吗？”

缺少门牙的男人的狞笑声好像在哪里听到过，对了，和半夜后院里听到的壁虎叫声一模一样。男人手指的座位湿乎乎的，不知是酒还是口水，或者是更脏的什么。“你不是想要棒吗？”真的没有人维持秩序吗？一定都去港口了，大概很多人聚集在那里看鱼，需要有人维持秩序。

“我坐下你放手，我坐下就是了。”

男人的手搂住了她的肩。“你不是说什么都不干吗？我要喊人了，我真的要大声喊了。”男人散发出一股刺鼻的酒臭，她十分厌恶这种气味，感到很恶心。男人打了一个饱嗝，胃液的酸臭味直扑到她的脸上。“你还没到三十吧？你多大？什么？你的皮肤皱纹太多，应该多化妆，多描一下眼影。什么？我相好的酒店女人和你一样都是小眼睛，不过她描眼影，眼睛看着要大一些，丑女人一定要化妆。”卫兵的妻子喊不出声来，身子在不停颤抖。戴鸭舌帽的男人湿漉漉的手攥着她的脖子，她想喊也喊不出声。鸭舌帽从男人头上滑落。男人将脸凑过来，用手紧紧抓住她的脖子，把脸靠近她。同时，他的左手伸向她的大腿之间。她挣扎着，左脚的鞋子脱落了。缺少门牙的男人止住了笑声。地上的酒瓶倒了，卫兵妻子的长筒袜湿了，脚趾触到液体，全身泛起一层鸡皮疙瘩，被钳住的脖子一阵剧痛，恶心和怒火一齐涌上心头，喉咙不停颤动。男人的口水滴在裙子上。“你这个丑八怪，你和马戏团的女人一样，你长得太丑，我喜欢漂亮女人，你长得不漂亮，再怎么发脾气也没用，我不怕，我见过很多女人，所以我知道，你一定过着穷日子，过穷日子的女人都像你这样，皮肤粗糙，用便宜香水，你身上有股小孩的尿臊味，比我们还臭！”男人伸出舌头在她脖子上舔着，指甲划破了大腿内侧的长筒袜。

口水落在背上缓慢流下，舞台灯映照着男人的头发和前额。

场内又响起了铙钹声。从男人头发的缝隙中可以见到小丑在跳跃。卫兵妻子感到从下腹部涌上来一股剧烈的恶心，这使她想起了钓鱼时晕船的感觉。男人移开插在她大腿里的手，又伸到她的嘴里。

她想要咬住男人的手指，眼里淌出泪水想要用力去咬。“大姐，要咬啊？你咬呀，你使劲咬，你使劲咬断我的手指。”

男人的手指夹住了她的舌头。卫兵的妻子叫不出声，感到从胃底泛上来一团冰冷酸楚的异物。

“你干什么了！怎么去了这么久？我一直担心怕出了什么事，怎么了？你脸色不好，身上哪儿不舒服吗？”

卫兵妻子将透明的彩棒递给儿子，笑着说道：“我在洗手间化妆来着。”她十分艰难地堆出一副笑脸。

刚才在狭窄的简易厕所中，她擦拭着面颊和脖子，抖落身上的泥土，轻轻喷洒了几下香水，那时她想到：那种男人都应该杀绝！身上泼上汽油烧死！她看着映在镜子中的自己的脸不停地在思索。

“爸呢？”

“谁知道？我一直站在这儿等你呢。”

“我想起来了，你们是在找什么人吧？”说话的是刚才喝啤酒的检票的男人。

“你们是要找从这儿出去的人吧？帐篷后面有关动物的笼子，

你们去那里看看，那儿有个小孩儿，你们问问他。帐篷后面不太好找，那个小孩儿眼睛特别好，可能看见什么，不过也别抱太大希望，今天人太多，你们也小心一点，别走散了。”

卫兵一家出了帐篷。乌云更密了，潮湿的海风迎面吹来，外面似乎更加昏暗。

涌向港口的人流绵延不断，卫兵习惯了马戏团看台上寥寥无几的观众，觉得路上的人群好像木偶一般。

他们走到帐篷的后面，正如检票的男人讲的那样，一个十二三岁的小孩站在动物笼子附近，正用修长的菜刀切着巨大的肉块儿。他穿的白色短裤上以及衬衣和脸上都沾着一些血迹。手因为沾满了血污和油渍而滑溜溜的，刀在手上打滑，他不时在裤腿上擦手。他的头发颜色比这里的人要浅，卫兵想也许是混血儿。他从前的同学中也有一个头发颜色浅，肤色很白，很少说话的混血儿。

“喂，有点儿事想问你。”

少年面无表情，脸转向卫兵。

“我们正在找一位老爷爷。刚才，大概二十分钟以前，你有没有看到一位穿黑衣服的老人？我们在找那个人，来往的人很多，你见过那个人吗？”

少年看着卫兵的妻子，张开嘴唇但说不出话来。他的表情似乎在考虑什么，视线转向了卫兵背着的五岁的儿子。

五岁的儿子注视着眼前关着狮子的铁笼。铁笼上布满了铁条，为的是不让狮子的利爪伸到铁笼外面。大概是因为潮湿的缘故，笼子底部铺着的稻草已经变成茶色。顶部和周围墙壁上钉着厚厚的木板，墙上不知为什么画着老虎的图案。狮子是雌雄两只，母狮子盯着少年手中的肉块儿，不时地吼叫。对于五岁的儿子来说，如此近距离看狮子还是平生第一次。从这么近距离端详，狮子显得像个怪物。眼睛、嘴、鼻子、鬃毛以及坚硬的体毛在眼前显得十分清晰，给人一种奇妙的感觉，和书本上见到的不同。

“这只狮子没有钻过火圈。”

五岁的儿子对少年说。少年将肉块和刀扔进铁盘子，低声说道：“这家伙已经上年纪了。”

“它比我岁数要大得多，从前能很伶俐地钻火圈，岁数大了不灵活了，什么都不行了。人上了岁数还能干些事情，可动物不行。对了，我记得那个老爷爷。”

“是吗？在哪儿？”

“不是，他问过我，我在这儿呆着，他过来问我。”

“他说了什么？”

“他问大象在哪儿？”

“大象？”

“对，我告诉他说有大象，不过不在这里，生病了。刚到这里，从卡车卸下来时发现大象生病了。出发时没有注意到，吃食一点儿都没有问题。”

“那么，那老人哪儿去了？”

一群儿童穿过人群中间，朝港口方向跑去，其中一个从少年和卫兵的身旁掠过。

“老爷爷究竟到哪儿去了？”

“那个老爷爷，我想就是你们要找的那个人又问我，现在大象在哪儿？我回答说不知道。真的是不知道，这儿没有，可能得了传染病，也可能根本没卸下货车，好像是这个城市的保健所的人说不能移动。昨天晚上我们因为要搭帐篷，所以直接就到这里来了，大象也许还在火车站，即使不在那里的话，问一下其他人也能知道。”

“你对老爷爷这么说的吗？”

“是的，我对他说，你到火车站问一下就能得到些消息。”

“那么，他去车站了吗？”

“那我就不知道了，可能去了。”

“不会去车站的，人这么多，哪儿也去不了的。”

“不过，只是这会儿人才多了起来，只有十分钟左右，那个老爷爷和我说话时人并不多。”

“究竟到哪儿去了，你真不知道吧？”

“我没看见，我一整天都坐在这儿切肉，当时和那个老爷爷说了一会儿话，等我一抬头，人已经走了。”

“也就是说究竟去哪儿了你不知道，对吧？”

“是啊，实在抱歉。”

五岁的儿子根本没有听他们在说什么，他一直在交替看着铁盘子里的肉和狮子。

儿子从卫兵的背上滑下来，走近苍蝇聚集的肉块儿。少年见到这个情景，便问五岁的儿子说：“你想不想喂狮子？”儿子听了吓得直摇头。“没关系，不会咬人，它们对人都习惯了。”儿子看着卫兵。父母正在表情严肃地商量下一步该怎么办，去火车站？不过老人也可能已经回家了。少年将一块拳头大小的肉块递给孩子。五岁的儿子没有拿住，失手掉落在地上，他双手再次紧紧抓住沾满沙子的肉块，走近笼子。的确，那好像不是狮子，像是什么机器，狮子面部的轮廓看上去很奇怪。狮子注视着孩子，儿子见到狮子的长舌和犹如黑洞般的血盆大口以及奶油色的利齿，感觉十分恐惧。可是，他像是被施了催眠术一样，身体僵硬，身不由己地走近铁笼。他想哭，还想撒尿，但双腿根本不听使唤。发色浅淡的少年咧嘴笑了一下。五岁的儿子看了一眼少年，少年用手势示意让他伸出手。孩子在铁笼前闻到狮子的气味，将手伸进了铁栏杆。卫兵的妻子见状大叫一声，将儿子推开。肉块掉在铁笼中。狮子对肉块无动于衷。发色浅淡的少年高声笑道：

“真傻，你真是傻瓜，那是鲸鱼肉，这些家伙不喜欢吃鲸鱼肉，它们总是吃动物肉，根本不会吃鲸鱼。”

卫兵一家决定去火车站，但他们汇入前往港口的人流时却大吃一惊。五岁的儿子自不待言，就连卫兵和妻子也从没见过这么多人。不光是他们，聚集在港口的所有人也肯定从未置身于如此巨大的人流之中。骑在卫兵肩上的儿子从卫兵的头上看着人群，觉得就好像见到了大海，简直就和钓鱼时见到的汪洋大海一样，现在自己就如同从海水中探出头来。卫兵的妻子纳闷这座城里怎么会有这么多人。

港口周围被海岸边林立的市场所环绕。金属网围成的宽阔的停车场，山上遍布果园和垃圾处理站，山脚下座落着鱼肉加工厂和冷冻仓库，搬运加工的水产品的铁路专线通往城里，终点是货运专用的火车站。大概父亲想去那个车站，可这样拥挤的人群怎么走得过去呢？他腿脚不好，会不会摔倒？即使摔倒了，在如此拥挤的地方也找不到急救站，维持治安的警卫也发现不了。

人们从卫兵一家的后面不断涌来，他们也迷失了方向，不知自己身在何处。凭着远方马戏团的帐篷和集市、工厂的厂房、停泊在码头上的渔船的桅杆，可以大致确定现在的方位和通向车站的方向。后面的人群不停地涌上来，潮湿的空气和人潮的热浪使人头脑发晕，卫兵拼命抓住妻子的手。

“车站是哪个方向？你知道吗？现在是不是朝车站方向走？”

“你稍微照看一下孩子！我一个人的话也许还能找到车站。”

“那样不行，我们会走散的，那不行。”

狂欢节期间捕捞到如此巨大的海鱼是事隔多年的奇闻，人们都要聚集到港口先睹为快。为了维持治安，动员了许多警备人员，不过即使他们全力维持秩序，也只能确保一条搬鱼用的吊车的通道，根本没有余力去管人群后面的秩序。放置海鱼的场地腾开了，缓慢移动着的吊车停止了。吊车的铁链有胳膊粗细，下端摇动着的铁爪转动起来，移向停泊在港口的轮船。人们瞪大眼睛等待着，这是近年来绝无仅有的重要庆典。有十几个全身插着羽毛，脸上和身上描绘着原色图案的男女从吊车后面闪现出来，男人挥舞刀剑，女人手持铁桶。这群男女刚开始跳舞，人群便爆发出欢呼声。吊车的铁索飞速降落在船上，船随着波涛不停地晃荡。孩子们在拥挤的人群中四处奔跑，老人们咧开嘴露出金色和银色的牙齿，现出喜悦和兴奋的表情，啤酒沫四处飞溅，葡萄酒瓶的开瓶声不绝于耳，玻璃瓶的撞击声、尖叫声以及欢笑声此起彼伏。

“看这样子走不到车站。”

“你瞎说什么？难道你就不担心咱爸吗？他现在去向不明了。”

“我知道，谁说我不担心？”

“也许在哪儿摔着了。”

“你说他能去哪儿？你看这人群，他能去哪儿？”

“住嘴！不去车站我不放心。”

“会不会累了，自己回家了？”

“别胡说！这么多人怎么回家？”

五岁的儿子十分兴奋，不停地转动眼睛，想搞清楚眼前究竟发生了什么。

人们移开了罩在轮船甲板上的帆布，海鱼在冰山中现出了身影。绿色的脊背，带着黄色的斑点，白色的腹部，倒映出白云的浑圆的眼睛，长着锯齿牙的巨口，宛如锋利锯片一般的鱼鳍，最让人惊叹的是巨大的鱼身，见到的人们高声尖叫欢呼。

人们开始摔碎酒瓶，那声响震耳欲聋。卫兵朝妻子说着什么，但一点也听不清楚。手持刀剑和铁桶的半裸的男女停止了舞蹈。人们清除了冰块，将带着铅缀的钢丝绳贯穿鱼身，鱼好像活着一样睁开了闪亮的双目。这是一条和中型鲸鱼一般大小的巨大海鱼。如果能够从空中俯瞰整个港口，那将是一个奇观。

浩瀚的人海如同布满在桃木上的蠕动的毛虫，或者像密植在田里的甘蔗，又好似成群的小鱼和昆虫，或者如同洒落在河滩上的五彩石子，不过最类似的情景是紧闭的眼帘内侧的视网膜上闪光的亮点。那些光点是那个头戴鸭舌帽的欠缺门牙的醉汉；因故失去双臂，垂着空荡的西装袖口，嘴里嚼着口香糖呆立在那里的飞行员，他双眼注视着身子压在他空荡荡的袖子上的女人的侧脸；被人踩坏了新买的帽子而尖声惊叫的长脚趾女人；往担架上的患者嘴里塞进脱脂棉，然后和同事痛饮啤酒的穿蓝色制服的护士；全身大汗淋漓用一只脚蹦跳的疯子；背上背着一个眼睛浮肿流脓、戴着眼罩的老太婆的健壮的年轻人；人群中的露阴癖色狼；瘦弱的女人，戴假肢的老人，以及生命垂危的婴儿。

闪光的亮点在剧烈地摇摆，口中积存着的泡沫随着人们的喊声喷出口外。

海鱼漂浮在阴云密布的半空，一瞬间，它巨大的身躯让整个港口的人惊呆了。人们的狂热和尖叫铺天盖地，卷着漩涡扑向集市和工厂的墙壁，碰撞在墙上，弹回来并增幅，重新冲入人们的脑海。海鱼开始缓缓降落时，卫兵的妻子发出了撕心裂肺般的尖叫。她双目圆睁，想起了马戏场的那个男人。浑身湿淋淋的巨大海鱼滴着水珠逐渐逼近人群，挥舞刀剑的男人等待着海鱼落地，疯狂的舞蹈使他们全身大汗淋漓。出汗的不只是男人，在场的所有人都已经全身湿透。

所有的亮点都在渗出汗水。

卫兵的妻子全身泛起了一层鸡皮疙瘩。已经擦拭干净的男人唾液好像仍然留在颈项上，鸡皮疙瘩从那里扩散向全身。为了摆脱这种感觉，她高声地尖叫。海鱼随着一声震颤落在水泥地面上。半裸的男人每一块肌肉上都泛出汗光，一齐涌向海鱼。鱼背好像铺开的绿色铁板，鱼腹如同张开着的湿润的白色床单，男人将细长的刀捅进鱼腹，其中几个人缓慢地抽刀。见到喷出的血，人群开始骚动，他们推开阻挡的警卫，一窝蜂涌到海鱼的跟前。

卫兵打消了去车站的念头，在人潮中摇晃着。整个人群冲上前来。卫兵和妻子走散了，妻子的脸在人群中一闪便失去了踪影。周围响着喷泉的水声，人们割开了鱼腹，挥舞刀剑的男人身体沾满了血污和油脂，装饰在身上的羽毛脱落在血泊中，先漂浮在表面，转瞬便消失了。血块翻滚，撞击在人们的身上破裂开来，水泥地面已经染成了黑红色。半裸的男人被喷发出来的血流所冲倒，其中有几个人因兴奋而割伤了脚。黝黑的裂口缓缓地扩展，割伤脚的男人也冲进了裂口里。女人用铁桶向外舀血。血和油开始流入人群之中。婴儿脑袋大小的脂肪块从鱼腹中流出，被人们所践踏。

卫兵的妻子并没有丧失理智，周围充斥着的血腥和男人们的体臭，每迈出一步都会感觉到大腿上滑溜的油渍，坚硬的鸡皮疙瘩的异样感不断扩展开来，使她不由自主地尖叫，如果不发出喊声，她觉得自己快发疯了。人群中所有的人都这样狂呼。

五岁的儿子失手丢掉了透明的彩棒。卫兵想俯身去拾，但后背受到了冲撞，他和儿子一同摔倒在地。血已经流到了这里，双脚湿滑，无法站立起来。还有几个人也跌倒了。有的孩子故意在血泊中玩耍。当沾满血污的手指被人踩到时，卫兵想起了父亲，似乎父亲现在正面对着大象。父亲正坐在因传染病而濒临死亡的大象面前，他面对这一动不动、只能听到喘息声的草食动物，诉说着陈年往事。

“大象啊，苦海无边，人生寂寞，世上一切都变得晦涩、丑恶、暧昧，一切都模糊不清，我不知该爱谁，也不知被谁所爱，没有任何东西能填补我寂寞的心灵。巨大的象啊，我的周围和你一样，巨物林立，不辨东西，一切都在走向死亡，都已病入膏肓。从前并不如此，一切都很清晰明确，我熟知自己的追求，也知道周围对于自己的要求。可是现在，一切都像你那腐烂的皮肤一般，柔软而没有感觉，从前不同，那时是铁器时代。生命垂危的大象啊，现在是你的时代。”天空阴云密布，但海鱼的内脏沾满了血污，发出幽暗的亮光。一个男人将一块内脏插在刀尖上，高高地举向灰色的天空。

血腥气从港口一带扩散到整个城市。流入大海的血水和油渍沿着海岸线漂浮到公园，坐在长椅上的年轻男女停止了热吻。满身血污的孩子得意洋洋地跑进广场，有两个老太婆亢奋地冲着正在广场上搭建舞台的职员讲述见到海鱼的情景，一个年轻人将鱼肉投入彩排的乐团中，他因此被驱赶出场。一个裸体的女人摇晃着走到广场，她想控出喷溅进耳朵的油渍，不停地摇头，失去重心摔倒在草丛中。三个教士身穿黑色袍服，上面用金线绣出百合花，他们闻到血腥的气味，从内心感谢他们的上帝的恩赐，让人们捕捞到了如此巨大的海鱼。马戏团帐篷的后面，在铁笼中舔舐着鲸鱼肉的母狮子双腿直立，大吼了一声。在垃圾山上交尾的野狗也同声狂吠，三个少年停下拣拾桃子的手，一齐侧目注视远方。广场上准备好的二十只黑色木箱里，鸽子们嗅到了血腥的气味，开始骚动。管理员学着鸽子叫，想让鸽群镇定下来。教堂尖顶上的鸟群飞向空中，不断扇动翅膀，想从笼罩城市的血腥气以及巨大的阴云中逃脱。它们在灰色的视野中飞翔，奔向明亮的阳光与和平的世界。它们避开工厂冒出的黑烟，在空中排成人字形，寻找着下一个栖息地。天上乌云密布，海上白浪滔天，海面没有映出鸟群的身影。不过，波浪撞击出的飞沫却可以在一瞬间倒映出移动着的鸟群。飞鸟穿过乌云边缘的云端，见到了一束刺透云层直射在黑暗的海面上的阳光。

“我从前养过一只小鸟。”

芬尼的大腿在闪光，宛如在雨中淋湿的青铜像。

“那只鸟不害怕人，可以飞到人的手掌上。我小时候生病，要长期休学，父亲怕我一个人寂寞，特意为我买来那只鸟，我们连睡觉都在一起。”

太阳偏西，遮阳伞的阴影也变成了椭圆，罩住了白色的桌边。桌上的烟灰缸里飘出青烟，细长的香烟过滤嘴上粘着芬尼的口红。阳光直射在烟灰缸上，口红已经干透。

“我们一起睡在毛毯里，你不觉得很好玩吗?”

“那是一只小鸟吧? 睡觉时不敢翻身吧。”

“不过，它死了。”

“翻身时压死的吗?”

“不是，一起睡觉的时候，我一直用手抚摸着小鸟的脖子，不停地呼唤小鸟的名字，睡着了会梦见小鸟，那样即使熟睡也不会忘记小鸟，决不会翻身压死的。”

刚才芬尼提议在沙滩上赛跑，但刚刚在游泳池游完泳，身体有些疲乏，于是我拒绝说在这么热的地方赛跑肯定要生病，而且举例对她说明了原因。我的一个熟人直到十七岁以前从来没有见过大海，我们是在一个画展上认识的。一个暑假，他到我故乡的海边来旅游。他在海岸漫步时异常兴奋，将手指伸进细小的海葵体内，彩色的海葵收缩着，轻轻地吸在他的手指尖上。他兴奋地说，那感觉十分有趣。我告诉他暴露在烈日之下对身体有害，但无论怎么说他都当作耳旁风，痛饮啤酒之后就在沙滩上飞跑。到了夜晚，他说身体发冷，呕吐而且头晕。当天夜里，他高烧不退，整个晚上都浑身打颤，满嘴胡话。我叫来了医生，当时担心他也许会一命呜呼。“芬尼，海边的太阳很毒！”

“那只小鸟的死因是有一天父母要出门，从医院请来护士，那人忘记关我房间的窗户，小鸟便飞走了。它不怕人，大概只是好奇，想到外边呼吸一下新鲜空气，于是就飞出去了。我吃了一惊，赶忙叫护士，她是个好人，要为我捉回小鸟，但她不知道那只小鸟不怕人，会飞到人的手上或头上，于是她用网，就像抓蝴蝶那样的网去捉鸟，不巧网框打在小鸟头上。那个护士痛哭流涕向我道歉，我十分悲痛，但也无可奈何。父亲安慰说我的病十分严重，那只小鸟是代替我去死的，所以我的病一定会痊愈，我也觉得这是天命，你也这么想吗？你也觉得这是命中注定的吗？”

“不过失去什么总是伤心的。”

“当然伤心，你也有过这样的经历吗？”

“我的狗死了。”

“为什么死的？”

芬尼叼上细长的香烟，大概是烟头上沾着沙子，她用手指在舌尖上抓了一下。芬尼的目光又转向了大海。

“你的狗是生病死的吗？”她注视着大海这样问我。

“是啊，那还是小时候的事情。”

烟缓慢地飘向上空，大概是芬尼正在吸的香烟。芬尼在沙滩上挖了一个小坑，将烟头埋入沙子。最后的一缕烟柱从沙子中间缓缓升起。

青烟和远方的海岸线交叉，和海对岸的城市里升起的青烟重叠在一起无法分辨。

“你看，流入大海的鱼血好像环绕了整个城市。”

“如果流到这里就麻烦了。”

“不会的，离这里还很远，血液的比重应该比海水重。”那座城市实在太狂热了，有很多人在混乱中受伤。就因为是狂欢节，难道人们一点也不介意吗？急救车在林荫大道上不断往返，伤员以及救护人员都十分兴奋，医院里已人满为患，病人太多，以致无法开展正常的医疗活动。护士在楼梯上飞奔，来来往往的人互相拥挤冲撞，在二楼大厅里，探望病人的客人与疾步前行的护士撞个满怀，客人手上的花散落在地上。在三楼的走廊，医生踩到滴在地板上的鱼油跌倒了。在四楼的吸烟场所，一个正在吸烟的男人嗅到了血腥味，皱着眉头掐灭烟头，起身回到病房。

病床、墙壁、支柱和窗框都漆成了白色。回到病房的男人并不是患者。

这个病房一共三个病人，都是老妇人。三个人都身穿奶油色的睡衣。护士有时来处理大小便，擦拭病人的身体，所以都是女人比较方便。这里的医生常说男患者一般死得比较干脆，而女患者即使病入膏肓也会挣扎着熬上很久。

躺在离病房门最近的那个床上的病人袒露着胸脯，她将一块湿纱布按在眼睛上，瘦骨嶙峋的胸部缓慢地上下波动。瘦成一条皮的乳房耷拉在两肋，如同被海浪打上岸的章鱼。

为了不使纱布脱落，她的手一直按着眼睛，每当她翻身的时候，以前哺育过几个婴儿的乳头就在干瘪的乳房顶端微微抖动。袒露的胸部如同种植着花卉的田地，皮肤上布满了绿色和红色的斑点。斑点顺着肋骨排列，形状如同鲜花和绿叶。点滴瓶里的药液冒着气泡，黑色胶管左右卷曲，连接着细长的针头，插在老女人干燥粗糙的皮肤上。病人有时移开纱布，察看嵌入自己皮肤中的细长金属针头的状况。

另一个患者睁着眼睛躺在中间的床上，头下枕着一个宽大柔软的海绵枕头，她欠起上身十分艰难地喘息着。她的脖子上缠着绷带，圆睁着双目，凝视着裸露在毛巾被外的脚趾。大型空调吹着凉风，但这个患者仍然汗流浃背。汗水静止在面颊的皱纹上，从皱纹的细缝中渗出的汗水只是缓慢地移动到下一条皱纹，当流到下巴最下边的皱纹时，汗水随着老女人的喘息滴落在腋下、脖子、胸脯和毛巾被上。大概是汗水渗入了眼眶，她不停地眨着眼睛。

不过，她从不闭上双眼。发黑的上下眼皮显得有些僵硬，也许是她使劲睁大眼睛的缘故，她的眼球显得有些突出。

白眼球上带着血丝，凝聚着黑点，不知是眼泪还是汗水在闪闪发光。这两个患者不时交替呻吟着。

似乎不像是因为病痛，低沉的呻吟声是下腹部呼出的气息掠过堵在喉咙里的黏痰时发出的。除此之外，病房里别无声响，墙壁和厚厚的双重玻璃窗把这里与外界隔离开了。

男人坐在距窗户最近的病床旁边。他坐在看护用的硬木椅子上，在宁静明亮的房间里，屏息倾听着病人的呻吟声。男人身穿略微溜肩的深茶色西装，有些旧，但并不是低档货。他是睡在靠窗病床上的第三个病人的儿子，他母亲在三个小时前，就是正午钟声敲响时搬到这个房间来的。

为此，他的心情十分沉重。这个病房距通往地下停尸房的电梯最近，死者可以随时运往地下。这种临终病房通常都是单间，眼前的三个患者神志模糊，所以被安排在同一间里。

深茶色西装男人的母亲三天前突然病情恶化，原因是胆囊闭塞引发黄疸并发症。

他的职业是裁缝。并不是那种在繁华商业区经营高档服装店的裁缝，他的小店铺在居民区的一角，主要靠老主顾来维持生意。来医院照顾母亲期间，他把店铺交给怀有身孕的妻子照应。昨天夜里，他和妻子闲谈时还说起母亲老念叨着抱孙子，再过三个月孩子就要出世，但估计母亲挺不到那个时候了。

母亲一直盼望能见到在儿子婚后九年才出世的孙子，住院后不停地唠叨这事。她是个连打针都拒绝的观念陈旧的人，但为了见到孙子，她甚至同意了做手术。手术成功了，所有的患部都切除了，年轻医生温柔的声音至今还回响在裁缝的耳旁，那时他觉得这下可以让母亲抱孙子了，激动地流下了热泪。

可是，当孩子们为迎接狂欢节而开始装饰大街两旁的屋顶墙壁时，母亲的皮肤泛起了黄色。

今天，在这个白色临终病房里见到皮肤粗糙泛黄的母亲，裁缝感到十分难过。搬到这个病房前，就是还没有并发黄疸症之前，母亲看上去还有些精神，一天当中总有三十来分钟头脑和身体比较清爽，经常和裁缝还有来病房探望的妻子交谈。听到大夫说是黄疸症，裁缝后悔可能是讲话过多的缘故。不过，母亲在住院以前，就是还没有发现患上癌症之前，裁缝忙于生计，没有机会和母亲长谈，这二三十分钟的交谈让他感到新鲜愉快。父亲在他十四岁时去世了，患的是急性肾炎。从那以后，母亲便一个人照顾着店里的生意，直到他能够独立支撑店铺。他学会了手艺，还清了贷款，但孩子将要出生时，母亲却病倒了。她本来是个性格刚强的人，大概是由于生病，最近有时会对儿子要小脾气，并开始毫不掩饰地埋怨他的妻子。在家时，母亲决不会说一个字，她总是理解对方，十分谦让，维持着一个十分和谐美满的家庭。

孩子都快要出世了，母亲唠叨这些，真是没有办法。

母亲抱怨说他的妻子性格倔强，过于精明，很会精打细算，缺乏一点厚道和温柔。裁缝苦笑了一下，只好点头，默不作声静静地听着。

“没关系，我很喜欢，当妈的一点都不在意，只是你太老实，我担心你以后会为难。并不是我担心，我一点都不担心，只是怕你为难，因为你太老实。”

她一天会唠叨二三十分钟这样的话题，最后肯定会说你是个有福的人，然后便面带微笑沉睡过去了。

后来，母亲逐渐消瘦下来，上厕所都无法自理，这时话题变成了死去的父亲。

“我以前除了你爸爸，还有别的情人。怎么样，你没想到吧？真的有，我一直以为会和那人结婚，不过你爸爸和你不一样，你像我，性子老实，你爸这人个性很强。你应该知道，当时他有了那间店铺，他很年轻，却有自己的产业。在当时，有一间店铺就跟现在有一座楼房一样。这么躺着很奇怪，会想起很多往事，那个人，就是认识你爸爸之前交往的那个人，如果和他结婚了，现在会怎样呢？最近老是想这种事。”

母亲谈到的“那个人”每次都不同，有时是小时候患感冒，在自己屁股上打针的戴眼镜的年轻医生，有时是上小学时为自己摘掉爬在背上的蜈蚣的勇敢的男同学。“那个男孩子手指被虫子蜇了，肿得这么高，他是为了救我才被虫子咬伤的。”有时却是中学时代喜爱的作家。“我独自一人去了那个人的家，是不是很可笑？我本来想反正会被赶出来，可他却让我进去坐，还给我巧克力吃，就是那种里面有白兰地的，那种巧克力很好吃。”有时还是上高中时第一次握过手的植物兴趣小组组长。“当时兴趣小组一起去野外采集标本，当时山上还没有那个垃圾堆，风景很美，当时一条蛇追我，那个小组长大喊不要跑直线，要转圈跑，我吓得号啕大哭，转着圈跑，不知什么时候，蛇不见了。”有时又是毕业典礼后的舞会上教她跳伦巴舞的舞蹈老师。“那种活跃在舞场的人肤色白皙，我很吃惊，他们整天都在黑暗的地方，所以皮肤很白，还喝了一种不知叫什么名字的粉红色的酒，没错，是酒，他们非让我喝，我和朋友一起去的，那个舞蹈老师好像喜欢上了我，一直邀我跳舞，朋友不高兴了，对了，那个朋友就是上次你说的穿着华丽，买了绿色连衣裙的人，那个拿来奶油泡芙的女人，就是那个人，我们那时都很年轻。”

母亲除了父亲之外应该不会和其他男人交往，而且结婚时只有十五岁。这对于母亲那一代人来说是理所应当的事，不必追究。

但母亲活了五十多年，最终动了两次手术，腹部被剖开，被紧闭在白色病房，眼睛的皮肤衰老如同黄色的枯叶，只能痛苦地呻吟，究竟原因为何？裁缝注视着母亲睡熟的面容，沉思良久。自己是不是也会变成这样？母亲是否认为自己幸福呢？他心里十分清楚这些疑问没有意义，也得不到答案。

围绕这些疑问胡乱思索着往事，为了说服自己，他感到一种难以名状的苦楚。人生是孤独的，每当这一简明的结论在他头脑里闪现时，他总是热泪盈眶。他察觉到自己流泪时，马上就走到窗前眺望狂欢节的进展，或是走到大厅去喝牛奶、给妻子打电话，或是思考其他问题。

现在，裁缝又眼含热泪注视着母亲熟睡的面容。盯着母亲的脸，他突然反问自己：眼前这个女人真是自己的母亲吗？他因而不由浑身一颤。医生解释说那是服药的副作用，服用副肾皮质类固醇后脸会变形的。

直到昨天以前，母亲即使消瘦，但还保持着昔日的特征，那以后就一直昏睡不醒，也没有看到自己的变化。

大概是刚才护士打的针见效了，母亲一直在沉睡。医生说，那是为了缓和排泄异常的药，但人的脸难道会发生如此惊人的变化吗？面庞浮肿，而且布满了无数的湿疹。大概熟睡时也很痒，她不停地全身搔痒。排不出尿是十分痛苦的，为此大夫注射了利尿剂，药物引起了面部浮肿。为了治疗肚疼注射了麻醉剂，出了湿疹就全身搔痒，以后大概要同时注射止痒药和消疹药了。裁缝想，如果是我会怎么样呢？如果我患上这样的重症会怎么样呢？我会拼命挣扎着活下去吗？也许我会早些脱离苦海吧。不过，这些事不亲身经历是不会明白的。像我这样行走自如的人是怎么想也想不明白的，在这个病房反复思索的问题是自己和母亲的区别在什么地方。母亲饮食都不能自理，更不用说独自行走了，眼睛大概也已失明，不能和人拥抱，最多也就是用沙哑的声音和我交谈几句。我可以自由行走，随意饮食，可以做完那件昨天刚试穿过的女套装，还可以抚摸妻子的大肚子，有时能感觉到胎动。“孩子在踢我肚子。”妻子微笑着说，和我亲吻。我和母亲的区别在哪儿呢？裁缝找不出自己与眼前这个生命垂危的重病人的根本区别，那和对于母亲的同情与爱不同，就比如能不能行走和没有双脚的残疾人的不同。

很难用语言明确表达，裁缝觉得眼前的母亲似乎像个婴儿。婴儿和现在的裁缝没有根本的区别，婴儿就像是世上所有成人的原型，全身赤裸，饮食与排泄不能自理，无法用语言表达自己，眼睛也看不见，无人照顾便会夭折。婴儿不会走路与残疾人不能行走意义完全不同。也就是说，现在母亲因病丧失一些身体机能并不是缺陷，而是自然现象。

残疾不是自然现象，身患残疾是高烧或炸弹、车祸、冻伤、病毒、化学物质以及遗传疾病所致。所以，残疾人有权利憎恨高烧。不过，正常人变成像母亲这样的病人不需要高烧，只要体内产生病变即可，只要病毒形成癌症就足够了。裁缝想起医生安慰自己时讲过的一个癌症患者的故事，那是一个与癌细胞共存了十六年的男人。他的癌细胞既不增加也不减少，老是夺取他一定量的营养，有时他甚至觉得，相反是癌细胞在帮助他存活。他的血压与心压都超出了正常范围，所有的医生都绝望了，但他却奇迹般地活了下来。据说经检查发现，癌细胞有所减少了。这时，支配着那个患者身体的并不是他本人，而是癌细胞，医生说癌细胞似乎具有思考能力，让人感到害怕。他安慰说有这样的先例，所以不要丧失希望。裁缝对妻子讲了那个男人的故事，妻子当即否定说那是医生为了鼓励患者而自编的故事，不过裁缝恍然大悟，认为人体内出现了共存者，人就丧失行走的能力。另外一种生物进入人的体内，活动受限也是理所当然的，而且那种生物是独立存在的，和人没有共通的意义和目的，人的身体衰弱下去也是可以理解的。癌细胞不会思维，并不是非杀人不可。它们也想活下去，它们很自然地想要将获得的生命维持下去。为此，母亲卧床不起，双目失明，浑身长出湿疹，脸庞浮肿，但这些都不奇怪，这些都很自然，母亲非常正常，和我完全一样，母亲并不是怪物，也决不会让人感到恶心。母亲和我一样。裁缝注视着母亲的面容这样思索着，突然，他发现了枕边的镜子。

丈夫死后，母亲为了继续做裁缝铺的生意，一直坚持化妆，而且同丈夫在世时相比，打扮更精心了。这并不是为了在外面寻找新欢，大家觉得化妆可以安慰母亲寂寞的心，因此谁都没抱怨她花钱买高档化妆品。母亲最喜欢的是从对面的那家西点铺买来蛋糕、牛奶蛋糊、奶油泡芙，一边化妆一边吃点心。当然，母亲是老一代的人，所谓精心打扮也是适度的，绝不会像陪酒女郎那样浓妆艳抹，也绝对没有出现过擅自使用他妻子的化妆品或对妻子的化妆说三道四之类的麻烦。所以，母亲住院之后，每天也不会忘记淡淡地涂一下口红。妻子笑着说："妈始终忘不了自己是个女人。"因此，裁缝看到镜子时浑身不由得打了个颤。今天母亲一定又照了镜子。她是否在那张脸上，在那个因出湿疹而肿胀畸形的嘴唇上抹过口红？那简直就像用蜡笔在粗糙的水泥墙壁上涂抹一般。她因绝望于人生而停止化妆，或者在那长满紫红色湿疹的嘴唇上涂抹口红，这些都无所谓，最担心的是母亲看到自己的脸以后精神受刺激，他害怕母亲会精神失常。

自己的面部发生如此巨大的变化，那么心情也会发生巨变，她可能分辨不出自己，难以理解自己现在的处境，丧失与死神搏斗的精神支柱。再怎么消瘦，只要能够分辨出自己，那就还能理解自己的身份，即使对死亡感到恐怖，也不会感到不愉快。死是自然的，因为癌细胞也要生存，但是，由于某种无生命物质的存在而引起肉体表面的强烈反应，从而使外表畸形、使人看上去不舒服，因为这种畸形而引发精神崩溃，这样的死是难以忍受的。这面镜子应该怎么办？要不要藏起来？母亲每天都要使用化妆水涂口红，没有镜子反会感到不安。母亲在袒露的睡衣前襟之间使劲搔着皮肤，似乎要用力剥掉表面肿胀的无生命的薄膜。这个湿疹属于母亲自身，体内的生物嘲笑说：与己无关。

母亲翻了一下身。裁缝吃了一惊，将目光转向母亲。母亲踢开毛巾被，侧过身，用手搔着大腿和腰部。湿疹已经扩散到大腿内侧。裁缝不忍正视，将视线转向墙壁。他看了一下表，想起现在狂欢节已经开始。再过一个小时将放飞无数的气球和鸽子，鸣放礼炮。裁缝下意识地站起身，走向窗边。

病房在教堂的背后。教堂遮住了视线，看不见广场和公园。各种各样的人匆匆忙忙出入教堂，身穿闪闪发光的服装的孩子和几十辆彩车集中到这里。作为游行队伍主要组成部分的彩车都将从这个教堂出发。裁缝突然想起，记得小时候，那还是刚刚学会走路的时候，也许是更大一点，自己曾拉过彩车，那是个用巨大的王冠、山羊的塑像以及胶皮制作的花束装饰的彩车，每个木制的车轮上都有精致的浮雕，细小的地方已经忘记了，只模糊地记得好像是各种花瓣的图案。

狗朝着黏土堆砌的山羊塑像狂吠。对了，那是一条茶色小狗，它的叫声引起众人的哄笑，我讨厌狗，但那时并没有感到害怕，母亲为我拍了照片，她从住在隔壁的老同学的儿子那里借来了相机，一直在为我拍照，跟随彩车时也拍了多张，有时还扬起手中的相机冲着我笑。对了，她拍的照片对焦不准，十分模糊，后来父亲嘲笑她说："让你照相总是失败。"当时，不知为什么没有见到父亲的身影，记得只看见母亲。大概是手头上有活儿要做，不过在狂欢节之前应该都做完了，狂欢节期间上班的只有医生，也许父亲参加了狂欢节，而我不记得了，或者是身体已经不太好了。现在只记得拉过彩车，不过当时还小，记不住到底干了什么，只记得当时人很多，自己在人群中寻找着母亲的身影，缓慢地向前走，记得那年没有捕到海鱼，今年好像捉到一条大鱼。裁缝凝视着教堂里的彩车，其中有一些熟悉的彩车。拉车的都是经过精心挑选的儿童，他们穿着镶花边的丝绸袍服，上面装饰着本地独特的彩珠，裁缝今年也做了几件这种儿童服装。记得有辆彩车上的人头马雕像周围站着三个插翅膀的女孩，捧着奖杯，面露微笑。裁缝找寻载着王冠和山羊的彩车，但没有发现。还有巨大彩蝶落在巨大花朵上的彩车，有鱼像、黑人头像、金色太阳以及飞鸽、椰子树和南方水果、双翼飞机、侏儒、童话的主人公、众多天使环绕的光彩照人的圣人像，还有外国女人的嘴唇和舌头。

这时，背后响起了令人恐怖的呻吟声，裁缝吓得面无人色，回头一看，不是他母亲。中间床上那个身下垫着海绵枕头的病人全身痉挛，口吐白沫。她双手僵直地伸向前方，身体直挺挺的，宛如一块木板，脖子上青筋暴胀，像马上就要破裂似的。裁缝意识到这是呕吐物堵住了喉咙，立即按下了床边的紧急呼救铃。大夫说过他母亲也有可能出现这种症状，大概就是眼前的状况。老女人嘴角流出的茶色液体浸湿了围着喉咙的绷带，剧烈的呻吟声好像漱口时的声音，喉咙里发出了沙哑的震颤声。

裁缝又一次按响了呼救铃。病人眼睛圆睁，几乎要突出眼眶，眼皮却丝毫不眨，额头上布满了豆大的汗珠，鼻孔开始渗出鲜血。时间似乎过去很久，但医生一直没来。裁缝开始担心母亲会不会因此被吵醒，如果不被吵醒就没问题，他还没有决定如何处理镜子。

门口的患者扔掉了按在眼睛上的纱布，背过身去捂住双耳。她将头埋在枕头里，用没有插着点滴针头的手使劲捂住耳朵。护士喘息着打开房门，看了一眼呻吟的病人，便大叫一声跑了出去。茶色的液体开始从口中溢出，哗哗作响，流淌在胸部和腹部。病人呻吟声开始变低，同时鼻血却越来越多，在床单上与呕吐出的茶色污物相混。周围散发着人的体液、药品以及腐烂的流食的气味。当医生赶到时，患者已经停止了呻吟。从她耳朵里也流出了淡茶色的液体，病人停止呻吟之后，医生检查了瞳孔，无可奈何地摇了一下头，此后，那种液体仍然不断地流淌出来。

“啊，刚才是您吗？”

医生离开患者，和护士交代了几句之后，开口对裁缝说。

“什么？您问什么？”

“按呼叫铃的。”

“对，是我。”

“啊，是吗是吗？情况很危急吧？”

“平时也要花这么长时间吗？”

“您指什么？”

“我说的是呼叫铃，按了之后到您来要这么长时间吗？”

“不，今天人手不够，并不是因为沉醉于狂欢节。您也知道捕到一条大鱼吧？”

“那条鱼吗？我听说了。”

“好像港口很乱，听说十分混乱，很多受伤的和昏倒的人都被送到这里来了，你说对不对？实在太多，我们都忙不过来了。”医生这么说着，转向正在将患者移上担架车的护士，护士瞟了一眼这里，点头微笑了一下。她手中握着已经死去的患者的骨瘦嶙峋的脚腕，吩咐另外一个人更换病床床单。

“按过呼叫铃后，我觉得经过的时间太长。能不能再快一点，否则我母亲也变成那样了。”

“你测过时间吗?”

“没有，不过好像感觉时间很长。我不知道准确的时间。”

“我们不可能在铃响的同时出现在病房，我们也是人。”

“我不是那个意思。我只是感觉时间很长，也许我有错。”

“没有超过十秒，到护士赶到这里时。你感觉长也不是没有道理，患者应该感觉更长，大概是一生中最长的十秒。不过，我们也没有办法，不，医生不应该说没有办法之类的话。”

“对不起，我也是吓了一跳。实在抱歉，我是过于紧张了，现在想起来也可能时间不长，十分抱歉。”

“只有十秒钟，护士是跑到这个房间的，请您放心。”

护士想合上死者的双眼，但是没有成功。于是死者便大睁着如同鸟和鱼一般的双眼被运了出去。

“我母亲还会继续睡下去吗?”

“不，该醒了。”

“这个湿疹能治吗?”

“如果醒了，我们会马上敷药，睡觉时也搔痒吗?”

“是啊，好像一直很痒。”

“那就敷药吧，不久就会好的，如果醒了请告诉我们。另外，请您告诉她不要过分搔痒，如果化脓就麻烦了，我会让护士拿药来。”

病房里的人算上裁缝，现在只有三个人。母亲还在熟睡，可能马上会醒。排风扇的声音在寂静的房间里回响，茶色液体的气味已经消失，裁缝想大概是自己已经习惯了那个气味，或者是气味随着排风扇的气流飘散到狂欢节的气氛中去了，于是他关闭了排风扇。房间里又只剩下病人的微弱的喘息声和酣睡声。裁缝又坐在母亲身旁，刚才死去的女人的呻吟声还回响在耳畔，那是一种低沉的声音，很难从记忆中消除。另外还有肿胀突出、快要破裂的眼球和血管，拨开茶色的液体不停地颤抖的黄色舌头，好似在海岸边见到的朽木一般的胳膊和腿，呕吐的污物和鼻血混杂在一起的床单，还有那异样的气味。裁缝强迫自己思考其他事情。死去的女人遗留下的声音、气味以及颜色，重新恢复了寂静和整洁的空荡的病房，两者奇妙地反复交错。裁缝拼命转移着自己脑海中的影像，他想起一个来探视的朋友所说的事。那个朋友是高中同学，现在正经营一家书店。他的父亲几年前因患癌症去世。他说前一天翻看了一本刚出版的介绍昆虫的书，那本书不是昆虫学者写的，作者好像是个诗人什么的，书中说有一种小虫子，就是夏天常见的那种，像飞尘或者烟灰一样的，经常落到手上或桌上的纸片上的那种。那种细小的虫子有两条触角，据说那两条触角作用不同，一条是警惕外来的异物，那样细小的虫子不会用大脑思索和应变，所以它的本能凝聚在那条触角上，碰到东西便立即飞起来逃走。另外一条触角则是为了使自己沉醉，就和毒品一样，你还记得曾经跟你讲过的那个超级毒品的故事吗？快感异常，不管以什么方式被杀死，都会在快感之中死去，身体会异常亢奋，而且会毫无顾忌地打碎眼前所有的物品，甚至杀人，直到他被别人杀死。你听说过这种令人恐怖的毒品吧？服用之后会消除所有的不安与恐惧，这条触角和那种毒品很相似，那种小虫子的第二条触角碰到什么东西时，如果那是异物，越是恐怖的对象，它越感到一种恍惚和荡漾，也就会感到绝望。从它的角度来看，我们的手掌和鸟嘴是一种巨大的恐怖，可是当第二条触角碰上时，它就可以在愉快中死去，像飞尘一般的小虫子活在世上随时都有可能被人碾死，造物主考虑得实在周到。我读到这种虫子的故事，于是想到人类也一样，我爸临死前也好像有两条触角，有时特别安详，而有时却非常惊恐，流着眼泪胡乱挣扎，而且这个周期越来越短，临死之前，几乎就是每隔三秒交替一次哭笑。

“两条触角？”裁缝重复了一句。这么说来，他母亲也有类似的现象，大概她知道自己就要命归黄泉了。她淡淡地讲述往事时十分平静，像这样熟睡时，有时却发出痛苦的呻吟。

“我做了一个梦，梦里说洗澡间里浴盆的水龙头没关就要死去，我一直惦记着要关上水龙头，可是就要死了。”母亲睡醒后让人擦拭着身上的汗水，一边这么说着。裁缝想如果有那种可以感到绝望的触角，人如果能在那种恍惚的感觉中死去，那将求之不得。人如果不能避免一死，那么自己不希望母亲像刚才那个女患者那样离开人世。没有什么好方法吗？找不到让她安详死去的方法吗？

母亲还在熟睡，仍然不停地抓挠胸部和大腿。她的指甲变成了黄色，搔痒时脱落的皮屑塞满了指甲缝。

裁缝又想起了镜子。镜子得处理掉。母亲如果看到了自己的脸，一定会很悲伤的。她会觉得无法忍受这样的死去，即使涂上止痒药安慰她，也不如安详去世。镜子一定得处理掉，可裁缝不知该怎么办。他只知道决不能让母亲看到镜子。他伸手拿到那面带框的椭圆形镜子，镜子中映出了他自己略微长出胡子茬的脸。就是这面镜子。母亲低低地哼了一声，向侧面翻转了一下身体。她就要醒了，裁缝感到手腕上泛起了鸡皮疙瘩。母亲开始抓挠面部和脖子，又呻吟了一声。裁缝将拿在手中的镜子用力摔在病房的地板上。

随着刺耳的响声，门旁的患者大叫了一声。镜子映照着裁缝的面容落向地面，在他的脚下摔得粉碎。

“刚才是什么声响？”护士推开房门问道。

“啊，对不起，没什么，手滑摔碎了镜子。”

“啊呀，那我拿扫帚来。”

见到散落在地板上的碎片，裁缝感到一种压抑。他觉得胸口在剧烈地蹦跳，用力忍住眼眶中的泪水。躺在门旁床上的病人抬起头注视着他，也许她察觉到什么，叹了一口气，用伤感的目光凝视了他片刻，又重新躺下，用纱布蒙住了眼睛。

母亲睁开了双眼，可能是因为浮肿睁不大，她不停地眨着眼睛。她的眼能看得见吗？如果看不见，其实也没有必要摔碎镜子。

“出了什么事吗？”

“啊，您醒啦。”

“摔碎什么东西了吗？”

“是呀，抱歉。”

“你怎么了？”

“没什么，摔碎了镜子。妈，对不起，我马上再买一个来。”

“你脸色不太好。”

“是啊，摔碎了镜子。”

“没伤着吗？”

“啊，您甭担心。”

“可别伤着，要小心，你要是累了，就别陪我了。”

“没事儿，不累，我也一直睡觉呢，没问题。”

护士拿着扫帚进来了。

“对不起，我来扫。”

“您没伤着吗？”护士板着脸问道，然后转向裁缝的母亲问道：“感觉身上痒吗？”

“是呀，不过比昨天好些。”“比昨天好些”是母亲的口头禅，实际上不会比昨天好。

“那我拿药来。”她将扫帚和塑料簸箕递给了裁缝，走回门口，“这里也有碎片。”说着便关上了房门。

我也太慌张了，摔镜子时过于用力——裁缝边想边收拾碎片。地上的碎片都很细小。

“我又做了一个奇怪的梦。”母亲对正在扫地的裁缝说。

“妈，多说话会伤身体。”

“没事儿，今天感觉舒服多了，只是有点儿痒，因为痒所以才想说说话。”

“很痒吗？”

“是啊，你忙完手头的活儿给我挠一下后背。”

“大夫说过挠得太多不好。”

“是吗？那我就忍着吧。”

“我给您涂药。”

“可以说说话吗？这样可以分散注意力。”

“只可以说一会儿，太长了不行。”

“我梦见我和你爸还有小时候的你，过一条黑暗的河，三个人一起，是一条黑暗的河。”

“游泳吗？”

“不是，三个人紧抓着橡皮艇，全身浸泡在水中，你爸拿着行李，我拉着你的手。”

“是很早以前吗？”

“是啊，应该是很早以前。”

“是战争中的事吗？”

“我很害怕，三个人吓得都快哭出来了，如果被发现可能会被杀死，特别害怕，你突然不见了。我那时没有说梦话吗？没有喊出声来吗？”

“没有，什么都没说。”

“是吗，那样就好。镜子，摔碎了吗？”

“是的，对不起。”

“没关系，回头你再拿一个来，房门口还有一面镜子，下次别忘了拿来。”

“是的，我会拿来的。”

“你们要用吗？如果你们要用怎么办？”

“没关系，我们不用。下次我一定拿来。”

“是吗？那原来是镜子摔碎的声音啊，我听到哗啦一声，在梦里也听到了。后来梦就变成了彩色，有了颜色，那梦很可怕。”

“是吗？回头我拿一面新镜子来。哎呀，妈，不要挠身上。”

护士拿来了装在白色塑料瓶中的灰色软膏。

“这可以止痒吗？”

“应该会舒服一些。”

护士查看了一遍地上有没有留着镜子的碎片，摘掉门旁床上病人的点滴瓶，嘱咐她盖上毛巾被，然后又悄悄关上了房门。

母亲的皮肤看上去很不舒服。泛着红色突起的肿疱，上面还有许多像凝固的小血块般的湿疹。

裁缝用手掌涂药膏时，两种湿疹的微妙感触让他浑身始终泛着鸡皮疙瘩。

“是荨麻疹吗？”

大概是药膏见效，母亲闭着眼问道。

“是的，大夫马上就打针，湿疹就会消失，不久就会治好。”

“那个药膏很管用，已经不痒了，那瓶子很小，要节省着用。”

“您真傻，没了再去问大夫要不就行了？我去找大夫要。”

“脸上也长了吗？”

“什么？”

“这个是不是脸上也长了许多？”

“只有一点儿。”

“镜子摔碎了正好，我的脸是不是很难看？”

“没那么回事，只有一点儿。”

后背的湿疹最厉害，记得好像从前也见过一次像这样因为肿疱而红肿的后背。

“生意还好吗？”

“是啊。”

“狂欢节定做节日服装的活儿是不是很多？”

“啊。”

“对面的年轻媳妇又来定做套装了吗？”

“没有，今年好像没有做。”

“她右胳膊有点儿长。”

“从前是打网球的吧？”

“是的，学生时代是个有名的运动员，所以袖长要加两公分。”

裁缝在母亲的腋下抹了药膏，他头皮上泛起鸡皮疙瘩，直打冷战。腋下的皮肤本来是柔软的，现在已经变成了一大片湿疹。

湿疹上又长出湿疹，表面上布满了坚硬而细小的黑色斑点，简直就像海星或食虫植物的黏稠的脚和茎。

“有件事想求你办。”母亲小声说，“我想吃甜瓜，那很贵吧？”

“甜瓜？”

“就是有很多花纹的那种，那种瓜很贵。”

有一次，母亲说想吃外面包着巧克力的奶糖，但说不上名字。从前她吃过朋友给的那种糖，很好吃。她做梦吃到了这种糖，于是让裁缝去买。裁缝买来了所有包着巧克力的奶糖，不过母亲全都否定了。不是不够甜，就是颜色不够白，要不就是外面包着银纸，或者是不应该有薄荷味，或者是不够细长。

这回是甜瓜。

“妈没有吃过那种甜瓜，至今一次也没有，那种瓜一年到头都有吗?”

“是啊，一年当中总有。”

“你吃过吗，在外边?”

“很少吃，几年前在宴会上吃过一次，是朋友的结婚宴会。”

“很好吃吧?”

“味道已经忘了，那是很久以前的事。”

“这个季节也有卖的吗?”

“一会儿给您买来。”

“你也一起吃吧。”

皮肤上汗毛较少的地方湿疹密集成片，部位不同，形状也各异。腋下和大腿内侧、脖子最厉害。湿疹究竟是什么？自己缺乏医学知识，无法解释，大概是皮肤细胞拒绝破坏，或是遭到破坏。

裁缝全身又泛起了鸡皮疙瘩。在母亲的脖子上涂药膏时，从耳朵周围延伸到耳朵里的一片湿疹看上去像一只芋虫，令人作呕。这和以前相差太大了，母亲不应该是这样，她的皮肤本来十分白皙滑嫩。

医学上可能不难说明，但他无论如何也不能理解。皮肤因黄疸变黄还没什么，有时会感觉如同在看旧照片，憋得喘不上气来，不过不会泛起鸡皮疙瘩。可是，皮肤溃烂和麻疹无法忍受。油味浓重的软膏的气味滞留在脑海中，好似抚摸巨大的青蛙背的感触，那种触觉经过手掌，令人胸闷，喉咙闭塞。触摸自己母亲的皮肤，却感到全身泛起鸡皮疙瘩，忍不住要作呕，这该如何解释？

“啊！”

母亲张开嘴，叫出了声。

“怎么了？”

“我也不清楚，好像要撒尿。”

裁缝走到母亲的腿边。

“不行！你不行，叫护士来。”

“没事儿，妈。”

“不要你，让护士来做。”

“不要耍小孩子脾气。”

“求你了，别沾手，叫护士来。”

“那好，我顺便买甜瓜来。”

“别买太贵的噢。”

裁缝为母亲穿上衣服，盖上软膏盒盖，走出了病房。

医院的走廊十分幽暗。他来到护士休息室，告诉护士病人要注射止痒针和小便。有三个护士在说笑，从她们的笑声中，裁缝感到坐在椅子上抽烟的那个好像是在勉强赔笑，于是拜托她去照料母亲。护士满面笑容回过头来，随口应了一声。

他走下楼梯，和一个身穿睡衣的男人擦肩而过，他脚腕浮肿，看上去似乎刚刚步入老年。男人身上散发着与母亲同样的油味浓重的软膏气味。几个大概是来探望小朋友的孩子跑上了楼梯。其中一个女孩儿在前面带着路。“狂欢节马上就要开始了，记住我们早点回去，不过他看不到狂欢节，太可怜了。”一个肩上流着血的女黑人迎面而过，血顺着手腕流淌，另外一只手里夹着香烟，光着脚无声地走上楼梯。

大厅里人满为患，正如医生所说，狂欢节的热浪已经波及到这里。人们大汗淋漓，高声叫喊，互相争吵，身上各处都在淌血，裁缝侧身从人群中穿过。“我是自己割破自己脚的。”男人怒吼着，身体一歪撞向裁缝，小腿上喷出的血液沾在裁缝的裤腿上。裁缝在小卖部喝了一瓶冷牛奶。一个老人唱起了歌谣，立即被护士制止了。握着牛奶瓶的手掌上仍然残留着触摸到母亲麻疹时的感觉。

喝完牛奶后，他走到了屋外。

医院门口附近也有一些受伤的人坐着或躺在地上。还有受伤的人正源源不断地送往这里。裁缝感觉到一种异常的狂热气氛，但他认为这些和他无关，他要照顾自己的母亲。干枯发黄且开始糜烂的母亲的体内存在着另外一种生物。母亲一直缠绕在他的脑海中。这种恶心作呕的感觉就是母亲，那个肿疱是母亲体内的一部分，所以憋在胸内的这股恶心的感觉好像就是自己的母亲。

微风吹在面颊上，乌云比早上更加浓厚。每当从紧闭的房间里走出来时，他都会觉得这条通往教堂的林荫道十分美丽。那不是因为狂欢节的装饰，而是景色十分宜人。迎面而过的几个女人都穿着袒胸的裙子，脸上泛出兴奋的光彩。年轻妇女的皮肤粉里透红，十分滑嫩，散发着清香，和软膏的气味截然不同。

裁缝从前从小学早退时，曾经在这条林荫道上走过，现在，他想起了当时感受到的心跳和那种新鲜感。现在和当时的心情十分相似。当他在不熟悉的时间里观赏街景时，即使是早上也感到是日暮黄昏，现在他想起了那时的感受。还有一个原因是病房中的空气十分沉闷，呼吸到外面的新鲜空气他才恢复了精神。离开正在死亡线上挣扎着的母亲，侧耳倾听着鸟语，漫步在林荫道上，他感到一种内心的安详。小鸟在教堂屋顶嬉戏，青山雾霭，白云如纱。在那白云的后面有阳光、大海和新天地，所有一切都前后相接，连绵不断。母亲也和这湿润的风景息息相关，母亲的呻吟和噩梦，湿疹以及干枯发黄的舌头，时而浮现出的微笑，慈祥的眼神，让人为她唱歌时的低声话语，这些都包含在这风景之中。

裁缝放缓了脚步。

眼前是毫无阴影的广场、准备就绪的舞台、开始奏乐的乐队、放飞的鸽子和鸣响的礼炮以及五彩的气球，裁缝感到一种堵在喉头的恶心，于是停下脚步，坐在广场的长椅上。旁边的长椅上，一对年轻的恋人握着双手低声细语。男人的脸埋在女人的长发之中娓娓而谈，女人则用手指戳着男人的胸膛不住嬉笑。人们在两个长椅之间穿过，他们一瞬间遮挡住了温情脉脉的恋人。一个男人边走边擦着汗水，他身穿黑色衣服，大腹便便，绷紧的衬衣扣子快绽开了。长椅上的女人用手帕擦拭着男人嘴边白色的东西。身穿红色拖地长裙的女人手提裙摆飞奔过去。长椅上的女人仰身大笑。三个中年女人手提硕大的纸包，都手牵着狗，是那种长毛小狗。长椅上的女人拨开头发，扯着耳坠给男人看，大概是想让男人摸她的耳朵。男人伸手摇晃着耳垂下的珍珠，女人又避开身去，不停地嬉笑。一个年轻女人双手牵着两个孩子，孩子手中握着棒糖，顶端卷着苹果形状的糖果。那是庙会时经常有卖的那种糖。长椅上的女人倚靠着男人仍在嬉笑。一个头戴礼帽蓄着胡须的男人高声说自己忘记了雨伞，面前的女人好像是他的妻子。那个女人放下抱在胸前的孩子，为他整好小领带。年轻的母亲脚穿印着灰色花纹的黑丝袜。裁缝时而看看长椅上的女人，她大笑时像有吐出舌头的习惯，粉红色的舌尖让裁缝不由想起母亲和死去的女病人的舌头。两个穿军装的军人，身着工作服的工人，头上的围巾随风飘扬的高挑女人，头缠绷带不知是男是女的老人，很多人都身上沾着鱼血，一个烂醉的男人当着裁缝的面摔碎了酒瓶，少女拄着拐杖搜寻着什么人，一只脚悬在半空，显得白皙而美丽。裁缝远远地望着街上的行人，发现大多是残疾人。盲人，几个手持白色的手杖，牵着导盲犬，或由亲属引导的盲人经过了这里。一个男人一条腿异常纤细，手搭在朋友肩上，裤腿随风摆动。一个男人双脚扭曲，只能坐在地上用手爬行，一个患白癜风的少年脸庞浮肿得像皮球，白色的汗毛被汗水浸湿了，闪闪地发着光，一个身穿高档晚装、面容美丽的佝偻病人，背上拖着长长的黑发。长椅上的女人尖叫了一声。一个身躯高大的老醉汉倒在她的身上。男人抱住老人，让他靠在长椅上，然后两人说笑着消失在人丛中。倚在长椅上的老人嘟囔道："啊，石板凉快，真舒服！"一群青年骑着摩托车冲进广场，十几个警察立即蜂拥而上。倚在长椅上的老人在呕吐，身体不住颤抖。裁缝站起身，他想早点儿离开广场去有卖甜瓜的水果店。他加快了脚步。

这算什么狂欢节，只不过是老人在呕吐，男女在闲聊，残疾人在游行罢了。但裁缝越想远离狂欢的人群，一种不可名状的燥热越是向他袭来。母亲的恶心已经离开了喉咙，涌到舌头上。赤裸着身体来回奔跑的少女。如果朝她的大腿上吐口痰，似乎就有什么东西融化了。人群集中到了广场。裁缝离开广场，准备去坐落在公园里的水果店，那是城里最大的。这时，他不由得吃了一惊。

坐在长椅上仅仅几分钟，但人群的密度已经增加了数倍。人们三三两两搂着肩，牵着手，谈笑风生，与人流逆行的裁缝步履十分艰难。广场外围不知什么时候拉起了绳索，警察站岗监视，不许人们越过绳子。在人群聚集的地方，倒在地上的人十分显眼，可谁都不在意。走丢的孩子在不停地哭闹，但人们无动于衷。一个警察想去照顾那个哭闹的孩子，但被人流所阻，无法接近。人群的嘈杂听起来如同一个声音，婴儿响亮的哭声。裁缝想跨过绳索去公园，但被警察制止。“我有急事!”“如果让你过去了，别人都会闯过去的。”“我老娘病了，求你让我过去吧。”“你妈病了为什么你还来看狂欢节?”裁缝决定绕道走。广场上有三个出口，去公园中央的出口不能走，那里距港口最近，所以也最拥挤，无法转身。刚才他走进来的教堂一侧，孩子们正在搬运彩车，一般的游客不能随便出入。剩下的最后一个出口是公园靠住宅区的一侧。滞留在公园中央无法进入广场的人群在警察的指挥下开始向第三个出口移动。再过一会儿，那个出口也会像公园中央出口一样人山人海。如果不赶紧从那里出去，就会受阻于广场当中。母亲正在等我回去，她刚醒来，现在应该意识清醒了。要赶在别人拿镜子来之前给她买回甜瓜。

裁缝跑了起来。他要赶在人群涌入广场之前先赶到出口，进入公园。移动的人群的前头也在奔跑。那是一群孩子，浑身沾着鱼血的孩子们在公园的树林间飞奔。如果他们进入了广场，自己就无法出去了。裁缝在奔跑，略微冲撞到了周围的人，他像篮球比赛中晃过防守队员一般拼命地奔跑。他终于看见了出口，两个老人摇晃着出现在前面，其中一个将雨伞当做拐杖。“喂，让开，快让开!”但他绊到了雨伞。裁缝躲闪不及，顺势倒下去，肘部重重地摔伤了，不慎踢飞的雨伞正打中一个孩子的脸，好在不是伞尖，而是上端。年幼的孩子捂住眼睛哭了起来。裁缝正要站起身，听到老人低声说：“你太鲁莽了。”一个举着瓶子喝酒、身材高大的男人高声怒吼道：“乱跑什么？浑蛋!”一对年轻的男女嘴上说实在太危险了，却高声大笑起来。哭闹的小孩的母亲指着裁缝，嘴里说着什么。裁缝心想：刚才的那个孩子哭时你们都装着看不见，现在雨伞碰了一下就废话不停。他刚想站起来时，一个年轻人用脚踢了一下他支撑身体的胳膊。手拿威士忌酒瓶的壮汉拍手称快。裁缝十分恼火，抖动着身体站了起来。他要赶向出口。“我没工夫陪你们玩儿。”被雨伞碰到的孩子的母亲在高声尖叫。“是他！是他！就是那个人打了这个孩子。”从出口处涌进了一群孩子。如果不赶快出去，就会被阻挡在这里。当裁缝又要跑的时候，拎酒瓶的壮汉抓住他的衣领左拉右拽：“喂，你他妈的想跑？”人们从出口处蜂拥而入。“你看看！碰到眼睛上了，是眼睛！你要负责送到医院看病。”什么眼睛不眼睛的，我母亲现在全身发黄，皮肤溃烂，快要死了！

“是我不好，不过我有急事。”

“少废话！去向那个孩子和夫人道歉，这不难吧？碰到了眼睛，如果瞎了怎么办？”人们已经冲到了出口。人们的目标都是广场，这个城市怎么会有这么多人？如果不赶快离开这里，就会和这些人一起被堵在广场上。人声嘈杂，数万人的嘈杂声。“你要带他去医院看病！”拎酒瓶的壮汉被女伴拉走了，不知去向。孩子的母亲还在高声喊叫。两个老人拣起雨伞走向舞台。裁缝跑向出口。“你等等！别跑！要带孩子去看病！”

裁缝想：天要下雨就好了，最好是暴雨，在人群中间、在那游行队伍的中间落下倾盆大雨，我会在雨中淋湿，怀抱美丽的甜瓜回到母亲身旁。

一个女人跌倒在威士忌酒瓶的碎片上，碎片好像扎到了什么地方。当警察跑向尖叫声的方向时，裁缝趁机跳过了绳索。人潮似海，公园的树木从人群中蜿蜒伸向天空。裁缝沿着绳索前行，想要远离人群。在熙熙攘攘的人流中，他几次被挤倒在绳索上，但都被警察扶起。一只点燃的烟头被按在另一个人的胸口上，随即响起了警笛和怒吼。从人群中飞来了空啤酒罐。女人在呕吐，弄脏了周围人的衣服。布料撕裂的声音，血和汗的气味，人们的喘息，骑在父亲肩上的孩子跌落在地。裁缝再次摔倒时抓住了女人的裙子，女人拍打他的手。“你干什么？放开手！”有人想在人们的大腿之间爬行，但受到周围的人们踩踏，在地上呕吐。瓶子破裂的声音。裁缝不知已经沿着绳索走了多远，他来到公园的僻静之处。人群的密度小了很多，可以见到树木的枝干。裁缝朝树林方向走去，他想去那棵大树下休息。终于走到那棵白杨树时，他双手抱住树干，喘着粗气坐在树根。他感到胸口很闷，闭着眼睛做深呼吸。广场聚集了这么多人，使人感到天昏地暗，真是人山人海，他这么想着，不觉苦笑了一下。

记得从前在母亲用完的空雪花膏瓶里养过一只蚂蚁，现在已经不记得为什么只养一只。记得曾为它起了一个很响亮的名字，但现在想不起来了。不过，当时很喜爱那只蚂蚁。自己从山上取来黑土，在瓶中放入面包渣，观察到了蚂蚁没有蚁巢，只能叼着面包渣团团转的样子。自己观察到蚂蚁的身体分三节，为此在课上受到老师的表扬。我还知道蚂蚁牙齿坚硬，可以轻而易举地咬破儿童柔软的皮肤。自己的手指多次被那只蚂蚁咬伤，但决不伤害那只蚂蚁。我很佩服这么小的东西竟能咬破人的手指，实在了不起。没过几天，蚂蚁在地上挖了洞。年幼的裁缝很自豪有那只蚂蚁，有一天叫朋友来家里给他看。没想到那个朋友不但一点不佩服，还说这种蚂蚁到处都有，而且告诉我有一个大蚂蚁窝的地方。至今我仍然清楚记得，那是一个非常巨大的蚂蚁窝，在公墓的后面。干燥的红土表面上有无数的小洞，总有几百只蚂蚁进进出出。裁缝擦着汗苦笑了一下想：那时的蚂蚁窝和眼前的人群十分相似。见到几百只蚂蚁，我变得异常气愤。大概是因为自己十分珍爱的蚂蚁在这里竟有无数只，觉得非常扫兴，便使劲去踩蚂蚁窝。朋友不高兴地说："你做什么？如果从这个洞灌水进去，那更有意思。你听着，一点点加水，这样蚂蚁就会吓得跑出来，那时再踩。不是十只二十只，一次可以踩死几百只。"

一个女孩站在裁缝面前，那是个穿着花边裙子的女孩，她盯着裁缝的脖子。好像是女孩的母亲喊叫着她的名字来找她，那名字和某个国家的女王相同。当母亲拉住女孩纤细的胳膊时，裁缝突然惊叫着跳了起来，接着又摔倒在地，按着肚子、前胸、后背和脖子，在地上打滚。周围的人都十分吃惊。女孩告诉母亲说："妈，特别恶心的虫子，就是那种长着毛的小虫子，很多，钻到那个叔叔衬衣里去了，从那棵树上。"

裁缝叫喊着在地上打滚。开始以为是触电了，从脚跟到头顶，刺痛穿过全身。他搞不清原委，只能在地上打滚。全身好像扎上玻璃片一样刺痛。小便失禁了。他下巴打颤，流着眼泪，拼命想爬起身。大概是毛虫。裁缝努力使自己镇定下来。这里应该有急救站，但根本不可能找到。他忍着刺痛站起身，泪眼模糊地看到公共厕所，便跑了进去。厕所中的气味令人窒息，几乎所有的便器都很脏。他关上门扇，忍着恶臭，慢慢地脱下上衣。因为在地上打滚的缘故，毛虫都已碾死了。衬衣染上了黄色的斑点。他想象不出自己究竟被蜇成什么样子，这时一种难以忍受的奇痒袭遍全身。裁缝在皮带上发现了一只正在蠕动的毛虫，他捏起那只黑色小虫拍在墙壁上。毛虫在呕吐物上挣扎了一阵。裁缝搔着后背和前胸，突然想起了母亲。大概她很痒，比我痒得多，于是他觉得很难过。由于痒和疼痛，脖子和太阳穴的血管肿胀起来，随着血液的波动，裁缝想起自己的脸庞和镜子一起落在地上，便在布满鸡皮疙瘩和汗水的身上不停地抓挠。

眼前墙壁上的污物是人的精液，其中混杂着一股酒精的臭味。裁缝呕吐了。鸡皮疙瘩集中到胸部以上，凝聚在一起。他呕吐时越发觉得身上痒得厉害。裁缝又想：如果下雨该多好，最好下一场冰冷的暴雨。裁缝诅咒狂欢节，他诅咒广场、公园、这间公共厕所、精液、自己呕吐的污物、死去的毛虫和毛虫的体液、母亲的湿疹，他诅咒这所有的一切。他想杀死那个被雨伞碰伤的小孩和他的母亲，如果此刻在眼前，他真想杀死他们。他希望不是下雨而是掉下炸弹。他想要的不是甜瓜而是炸弹。奇痒的感觉渗透到身体的内部，他想撕开前胸和下腹，抓挠内脏。他听到隔壁传来呻吟声，是女人间断的呻吟，在这么肮脏的厕所中居然还有性交的家伙，应该宰了他们。他想借用母亲的软膏。如果能像在蚂蚁窝上那样，将广场上的人群都踩死该多好。这些家伙都是呕吐出来的肮脏透顶的污物，全是母亲身上的疱肿，既污秽又腐臭而且还很痒，应该撕烂。我们不需要狂欢节之类的东西，需要的是战争。要撕开世上所有的一切，破坏掉，杀死掉。母亲现在还活着吗？战争一定会开始的。母亲还没有看镜子吧？母亲可能已经发疯了？母亲还在等自己吗？裁缝忍受着搔痒穿上裤子，歪斜着脸，抓挠着胸部，对自己嘟囔道："要赶快去买甜瓜。"

广场上升起了气球。各种形状和颜色的气球。一个男人手拿装气球的纸箱，很担心地仰望着天空。见到飞向黑云密布的天空的气球，人们惴惴不安。气球冲撞到低垂的乌云时似乎会爆裂。

如果阳光普照的话，贴在气球上的银箔会闪闪发光。孩子们一张一张细心地粘贴着银纸。气球腾飞，越过教堂屋顶，映在市民医院的玻璃窗上，飞到比山顶的烟囱还高的地方。

流进海水扩散开去的鱼油表面也映着气球的影子。油层表面沾着血块，在海面上描绘出摇曳的图像。在沉重的血块上，映着太阳歪斜的形状。

太阳西斜，水平线看上去像一条笔直闪亮的银丝。

“你在气球上挂过信吗？”

芬尼在涂指甲油，小心注意着不让沙子粘上，同时向我提问。

我刚在游泳池里游过泳，身体疲乏，没有回答。

“我做过，不过那不行。气球挂在电线上，信被朋友偷看了。本来是一封很重要的保密信，气球突然破了，一下子就落在地上。”

芬尼指甲油的颜色是橘黄色，在阳光的映照下显现为白色。

“给谁的信？”

“什么？”

“挂在气球上的信。”

“是情书。”

“几岁的时候？”

“七岁的时候，学校的建校纪念日，大家都这么做，哪儿的建校纪念日都有这种傻事。”

“那封情书是寄给谁的？”

“安东尼·博金斯。”

芬尼说完弯着腰大笑。在这之前，她在讲摄影的故事。

她开始摄影的动机是这样的："最初的男朋友是一个瑞士籍摄影师，他是个性格和蔼的人，但比较内向，他给了我一架徕卡 M4 相机。不过，那个人去了加纳之后便精神失常了。我想如果发疯就用不着相机了，便去他家想要哈苏相机，没想到他妈把相机和器材堆在院子里，浇上汽油点火烧了，实在可惜。"

"阳光很强，马上就会干吧？"

"指甲油吗？不过可能不好，天太热可能会出现裂纹，我从来没有在海岸边涂过指甲油。"

"趾甲不涂吗？"

"我想涂另外一种颜色，你帮我想想。"

"同一个颜色不也挺好吗？"

"我带来很多种指甲油，你想一想呀，你不是画家吗？"

"使用补色怎么样？"

"橘黄的补色是什么颜色？"

"是深蓝色，也就是普鲁士蓝。"

"没有那种颜色的指甲油。"

芬尼找出了尽可能接近普鲁士蓝的颜色涂在趾甲上，一边喝着刚才跑堂端来的朗姆调和酒，那是一种将菠萝的芯挖掉，里面装上果汁、汽水和朗姆酒的饮料。

"刚才，那个跑堂说什么来着？他跟你说什么了？"

“他说今天的舞会暂停，好像乐队没有来。”

“那么晚上什么节目都没有?”

“有俱乐部赛跑，听说举办寄居蟹赛跑。”

“寄居蟹?”

我向芬尼讲解了俱乐部赛跑的内容。从前看过一次，不是在海边的酒店，而是夜总会的一项表演节目。举办者在大厅里画上一个直径五米左右的圆圈，中央有几只寄居蟹，都盖着小笼子，每一只都有名字。我见到的那次使用的都是意大利导演的名字，比如费德里科、罗伯托、鲁奇诺、皮埃尔·保罗、维多里奥、米开朗基罗。人们根据信号掀开小笼子，寄居蟹便缓慢地向前爬。强烈的照明驱赶着寄居蟹朝黑暗处走，最先走出圆圈的便是冠军。

“那时谁赢了?”

“我记得是菲德利哥。”

“人们事先选一只下赌注，对吧?”

“有的纹丝不动。”

“大概是死了吧。”

我们注射了可卡因。芬尼拿来的针头很容易脱落，我第二个注射，所以针头没有拔下来，留在了胳膊上。胳膊上渗出了一丝血，纤细的针头在海风中微微地颤动。

在海边吸毒很过瘾。

阳光进入了自己的体内。不光是太阳，沙滩、大海、贝壳以及遮阳伞的阴影都会融入我自己的体内。芬尼脱下泳装，赤裸了身体。

“可能会有人来。”

“没人会来，即使来也没关系，都是上年纪的老人，你给我画一张画儿吧，我站到海水里，你不记得有一张名画吗？在贝壳上站着一个头发修长的女人的画儿，你就照那样给我画一张。”

芬尼赤身裸体走进海水中，她皮肤白皙，在阳光的照耀下朝我快乐地微笑。只有芬尼不会融入我的体内。所有的热浪和物体都可以融入我的心中，而她是不定型的，难以捕捉，远离于我。芬尼和远方的白云一般肤色洁白。

我又向远方的城市望去。

芬尼挥着手，说着什么。“快给我画一张画儿。”海浪中站立着一个洁白的裸体女人。

海对岸朦胧的海岸线上的城市。我拿起透明的注射器放在眼前。橘黄色的太阳光束反复交错，图像混杂在一起。彼岸的城市看上去似乎是芬尼身体的一部分。芬尼洁白的肩头、洁白的后背、白皙的大腿、白云、白色的建筑物、白色的医院白色的病房白色的墙壁、白色的地板、白色的病床、白色的窗框、白色的床单、白色的屋顶、白色的护士服、白色的药片、裁缝母亲的红色的斑点，她在等待着儿子的归来。她已经忘记让儿子去买甜瓜，只是脑海中在思念儿子。她知道儿子故意打碎镜子。“我那时已经睡醒了，你拿着的镜子上照出了我的脸。不过，不必担心，我没有关系，我决不会发疯，决不会像你担心的那样，决不会精神失常，你快回来吧，我非常坚强，我一直躺在床上思考各种问题，对你讲的只是其中的一部分，开始我也以为自己发疯了，非常害怕，无能为力，极为恐惧，所以我在努力回想过去的每一天的往事。特别是要想起愉快的往事，从住院前一天开始到我出生的两万天里的所有愉快日子，而且终于找到了我一生中最愉快的一天，你猜是哪一天？既不是结婚那天也不是平生唯一一次海外旅行，也不是你上大学的那天，更不是你婚礼那天，告诉你吧，是我爷爷葬礼那天。”

“你还记得吧？广场上的教堂，我还小的时候，在那里举行了爷爷的葬礼，我在用黑布包裹着的爷爷身旁唱歌，大家都称赞我的歌声，但我并不是因为大家称赞才感到愉快，不是，大概你不会明白，不是幸福或不幸福，葬礼那一天，我感到身体似乎要融化了，我一生中只有那一天有那种感觉，可能是因为爷爷去世了，也可能是因为在教堂里，还有可能是因为谁在演奏巨大的管风琴，不过我想这些都无关，你能理解融化是什么感觉吗？我真的融化了，软软的，变成气体，就像现在外面上升着的气球，轻盈地飘荡，融入所有人的体内，身体融化，飞舞上天。我想有一天谁都会有这样一种感觉的，当我想起这一天以后，我就不再害怕死亡了，我会和这些湿疹一起融化死去，这也无所谓，不必担心，每个人都相同，大家都会融化消失，那是很愉快的事。”

裁缝的母亲只有牙齿是白色的。

芬尼正在喊我。“我抓到了海蜇。”她手中举着滑溜透明的东西。海蜇滴着水珠，在阳光下像玻璃纸一般闪闪发光。海蜇被我略微发烧的头部吸入脑海。

芬尼从海中走上岸来。“为什么不画我？你又在看那座城市，你的眼睛映着城市，我看得出来。你总是那样吗？打了可卡因之后总是那样吗？你眼睛很红，全是血丝，你通红的眼睛里映着城市，简直像整个城市在燃烧。”人们都在流着血，那座城市等待着的似乎不是狂欢节，所有的一切都在燃烧，人们在四处奔跑，大家都在逃窜，每个人都在流血，红砖楼上，上校在对士兵们训话。腹部中弹的人不会立即死，这在枪伤中是最痛苦的，极为痛苦，想死也死不了，口渴，但决不能让他喝水，不过，如果没有存活的希望，应该最后给他一口水喝，那样士兵在临死前会感觉被包围在彩虹中，表情十分安详，会懂得他将前往与我们不同的另外一个世界。我们也无能为力，不了解其中的原委，无论是多么残暴的家伙，这时都会露出慈祥的微笑，你问他是否痛苦，他也不会回答，只是挥手道别，所以你们也不必害怕，死亡并没有什么了不起，吗啡打得太多了，有时身体会动弹不得，对吧？死和那差不多，你们星期天去过公园吧？见过一整天在长椅上读报的老人吧？就是你们的爷爷，耳朵开始聋了，戴着像牛奶瓶底一般的眼镜，一整天只是看报，有时也会喂鸽子，有时还会和其他老人聊天，讲的都是往事，就像你们现在干的那些事，喝酒、和女人睡觉、赌博、赚钱、乘车去听音乐、品尝法国大餐、看电影、在国外的乡下度假读书，讲的就是这些往事，你们也是每天同样重复这些，日复一日慢慢地变成老头，星期天在公园里无所事事地微笑着度日。你们在单调重复的生活中如果发现了重要的记忆，要仔细地印在脑海之中，像牛吃草那样，上了年纪之后，在星期天的公园里反复品味。不过，你们是有勇气放弃这样生活的男人，你们现在要做的不是选择那样的生活，而是明确地选择另外一条道路，不会成为平庸老头的唯一的一条路，那就是不惜性命去杀人这条路，这已经是命中注定的，不是由谁来决定的，也不是人的本性，人是善良的动物，再也没有比人类更温和厌战的动物了。人类是非常善良的动物，明白吗？那是因为温度，是温度，你们早上剃胡须吧？那时会有一种说不清楚的气体飘荡在盥洗间。白天，你们和女朋友散步接吻时，会感觉到有什么东西从你的体内飘出去，那就是温度，如同植物宁静地呼吸一样，我们散发着温度活在这个世上，明白吗？温度是固有的，即使所有的一切都发生大爆炸，宇宙成为黑暗的世界，所有的一切都停止，甚至连时间都失去了，只有温度还会存在。温度是永恒的，随着我们年纪的衰老，这个世界会发生一些偏差。这就需要有谁来修正这个误差，你们被选中了，你们是命中注定的人物，你们是为了修正这个偏差而降生在这个世界上的。战争十分可怕，大家都这么认为，那很正确，无论什么时候，战争都是恐怖的，我也很害怕，吓得都快尿裤子了。可是，好好想一下，恐怖的背后总是隐藏着什么？恐怖的尽头到底是什么？那就是狂热、兴奋和恍惚，战争不会使人感到枯燥无聊，人不需要考虑今天一天要干什么。人类的肉体是柔软的，要比你们想象的柔软得多，至少要比同讨厌的女人干那事儿痛快，这毫无疑问，刺刀插入人体的感觉很刺激，这和在公路上骑摩托飙车的感觉不同，你们没有见过喷血的伤口吧？要比女人那里更湿滑，尝试过一次终生都不会忘记，再没有必要为升级考试而忍耐着去听无聊的课，也不必为了保住饭碗而向讨厌的上司赔笑，每天乘同样的电车像猪一般去工作，更没有必要去追逐女人或喝得烂醉在街上游荡，你们可以将这个巨大的垃圾堆变为美丽的荒地，从此以后不必在垃圾堆的腐烂土壤上挣扎。没关系，不必担心，你可以做着看，用刀扎一下那个领着孩子走路的女人，这样一切就可以重新开始，立即扎一下那个女人的喉咙，如果不立即行动，不久一切就会结束。

身穿镶着花边裙子的女孩，牵着女孩的手走路的年轻的母亲，一个士兵出现在她们眼前，用刺刀割开了她的喉咙。

“我的手指甲也要涂成蓝色。”

芬尼微微颤抖着将橘黄色的指甲油剥落。太阳已经偏西，我们和遮阳伞的阴影更加修长。除光液气味刺鼻，我将吸着的香烟埋在沙子中，触摸了一下芬尼的侧腹。芬尼伸开大腿碰翻了指甲油的瓶子，浓重的蓝色液体流入沙滩。芬尼的指甲一半是蓝色一半是橘黄色，中间则是铁灰色，和笼罩在海对岸城市上空的乌云相同，城市里开始下雨。身穿镶着花边裙子的女孩惊奇地看着喉咙被割开倒在地上的母亲。流淌在广场石板上的鲜血在雨水中扩散开去，广场上几处地方堆积着同样是身体洞开的尸体。身穿鲜艳的节日服装的男女被吊死在舞台上，水珠从他们的皮鞋和赤脚的后跟落下。似乎是落下了炸弹，人体的碎片从天而降，很难和雨水分辨。裁缝在厕所里、在还没有买甜瓜之前便被炸飞了头部和右手，在隔壁性交的那对男女下身缠绵在一起，却找不到胸以上的部分。医院的建筑物崩塌，裁缝的母亲被压在天花板的下面。直到水泥板压碎她的前胸之前，她仍然在抓挠着后背。教堂遭到毁坏。林荫道的树木已经没有了，仍然有树木在雨中燃烧。年轻的卫兵头上中了一颗子弹，五岁的儿子倒在他的身旁。卫兵的妻子还隐约有一口气，不过不久身体就会变得冰凉，可能是因为伤口灼热，她不停地舔舐着广场的石板地面。

“我还不知道你的名字呢？你叫什么？”

芬尼任由我抚摸她的身体，解开了束在脑后的浓发。

“你说什么？”

“你的名字。”

芬尼的头发中沾着细小的沙砾。她的胳膊滑溜溜的，大概是刚才抓过海蜇之后没有洗手的缘故。芬尼的脸很燥热，特别是耳朵，就像刚才沙滩上的沙子一般。她趴在我的身上，倾听我心脏的跳动声。

“你怎么很兴奋？”

“刚打过可卡因。”

“是不是见到开始打仗的城市才感觉兴奋？”

卫兵的父亲和大象一起被炸飞，与巨象混杂在一起，成为了一堆烂肉。身穿灰色婚纱的女人，因梅毒而发疯的母亲，两人正在举行婚礼时，她被枪托砸碎了头骨，痴呆的母亲还活着，但是不知道发生了什么，只是四处逃窜，流着眼泪，十分恐惧。活下来的人们也和这个疯女人一样惊恐万状。垃圾堆上的三个少年的头分别扎在腐烂的香蕉堆里死去。乌鸦和圆白菜，正在交尾的狗和腐烂的臭肉混杂在一起。远远听到孩子们的叫声。到处都冒着黑烟，老人消瘦的胸膛上仍然插着刺刀。在广场上，随着乐队演奏的节拍，屠杀在反复进行。教会的大钟落在地上发出最后的响声，钟声一直传到这里。

“我想知道你的名字，干这种事时不喊对方的名字很别扭，我想叫你的名字。”

芬尼的腰上留着橡皮筋的痕迹。海岸边没有一个人影，只有我们两个人。芬尼用手拨开我肚子上的沙砾，伸出红色的舌头亲吻着。

“你没有下海游泳。”

“没有咸味吗?”

“其实我舌头舔不出味来。”

马戏表演场中，戴鸭舌帽的男人失去了手脚、耳朵和眼睛，像家具一样横躺在地上。缺少门牙的男人有生以来第一次见到自己的心脏。戴大礼帽的司仪还在火海中燃烧，铙钹也已经烧焦。死尸中谁是小丑，谁是表演单车技的演员，谁是驯兽员，谁是蹬彩球的女人已经分辨不清。给狮子喂食的少年眼睛被打烂，当雨点滴在脸上时，一瞬间他感觉好像阳光照射在脸上，那是因为烫伤使他的视野变成了黄色。

“眺望海对岸的城市，不知为什么想舔果酱，喉咙非常渴，你不想舔甜甜的冰凉的草莓酱吗?你母亲做菜很拿手吧，做过果酱吗?”

“芬尼，那个城市是在梦中吗?”

“不是梦，影子映在你的眼睛上，你在看着，看得见应该是真的。”

听到了孩子们的叫喊声，一直传到这里。有一个消瘦的男人双手绑在背后，枪口顶着他的耳朵。一个后背长满瘢痕疙瘩的女孩行走在变成废墟的街道上。一个老人脖子上缠着铁丝。我们清楚地看到了这样的景象。

“不过，我们没关系。”

女人们的乳房和阴部连接着线圈，士兵们陷入了从自己身上流出来的血泊中。

“我明天要去拍溪谷的照片，你还画画儿吗?”

芬尼右脚埋在沙子中，不停地亲吻着我的身体。城市里，一个大眼睛的婴儿和母亲一起被砍掉头颅。芬尼沾满海蜇黏液的胳膊紧紧缠绕着我的脖子。

“我真想早点看到寄居蟹比赛。”

老人们正挖掘活埋自己的土坑。负伤的人忍受着身体上的器官脱落后的剧痛。

“你不要再看那座城市好吗?”

芬尼的头发和腋下散发着甘甜的芬芳，我母亲做这种味道的蛋糕很拿手。芬尼的舌头也是同样的味道，那是香草味道。太阳已经接近了水平线，海面闪耀着光彩。傍晚的凉风开始抚慰着肌肤。芬尼没喝完的朗姆调和酒上漂浮着一个死去的银色小虫。

“如果那座城市的尸体漂到这个海滩上就有意思了，大家都会来看吧。”

血迹完全冲刷干净，浮肿的散发着死人气味的无言的尸体，大海会把这些尸体运到这里吗？不，死尸大概在途中就会消失得无踪无影，贪婪而利齿的鱼群会啄食，浓重的盐分会将尸骨融化在海水中，这就是大海。大海一直横隔在那座城市和我们之间。

“喂，芬尼，明天一起去乘帆船吧，不要去拍什么溪谷照片。”

芬尼一边穿泳装一边点头同意。

芬尼修长的身影像在海滩上挖掘的沙坑一样看不见了。太阳已经停止了在海面上跳跃。

后记

写完这部小说的晚上，我在一个酒吧遇到了理查德·布劳提根。我对他说："我刚写完第二部小说"，但是布劳提根丝毫没有表示出任何兴趣。我心想：这家伙，怎么连一句祝贺的客套话都没有？那天他似乎心绪不佳。不久，他猛然转过头来对我说了一句："重要的是第三部作品。"

"处女作可以用个人的经历写，第二部作品可以用处女作学到的技巧和想象力写，而这些都用完的时候，才能真正体现作家的实力！"

脱稿后的喜悦和幸福感在这一瞬间完全云消雾散。在回家的路上，我想起了一位老朋友说过的话："我只有在打兴奋剂时才感到自己的生命具有活力，其他的时光都如同死人一般。我生命中的一切都为了追求那注射器中的白粉!”我走在路上，猛然想到小说也如同兴奋剂一般。